降りる思想

江戸・ブータンに学ぶ

田中優子＋辻信一

大月書店

もくじ

はじめに――「降りる」ということ

辻 信一

本書のための対談が行われたのは、東日本大震災からちょうど一年たったころで、それからさらに半年がたとうとしている。その間にぼくは、いわゆる「先進国」と「途上国」を五カ国ずつ訪ねた。どこへ行っても、主要メディアが話題にしているのは経済成長である。たとえば、成長を謳歌《おうか》している南米三カ国ではさらなる高度成長を、金融危機に喘《あえ》ぐヨーロッパ諸国では財政再建と成長の両立を、というのが主な論調だ。どこでも、「成長」を公約にせずに選挙に勝てる政治家はほとんどない。世界中がグローバル経済という同じゲームをプレイしている。そして、その好不調の波に一喜一憂している。それだけ見れば、じつに単調で陳腐《ちんぷ》だ。

しかしその一方で、どこへいっても、世界に今大きな「転換」のときがやってきている、ということをひしひしと感じている人々がいて、ぼくにはその数が着実に増えつづけているように見える。またその人々の多くは、たんに転換が自分の外からやってくるのではなく、自分自身がそのプロセスの中にいると か、さらに言えば、自分自身がそれを体現している、と感じているのである。こうした印象を受けるのは、ぼくの色眼鏡というものだろうか。それも多少はあるかもしれない。しかし、それだけだとはやはり思えない。

転換にもいろいろあるだろう。だがぼくは、今世界に起こりつつあると思われる転換が、これまでの社会変革のイメージとはかなり異なっていると考えている。とりあえず今は、その特質を表す表現として、「降りる」という言葉を用いたいと思う。

3・11の直後に、ぼくを含め多くの人が思ったものだ。これは大転換の時だ、と。ひとつの時代が終わり、「ポスト3・11」というもうひとつの時代が始まったのだ、と。巷《ちまた》にあふれる「復興」という言葉が、そのぼくたちには、新しい時代の到来を認めたくない旧時代人たちの合言葉だと思えたものだ。それから一年余、たしかに、以前よりはるかに多くの人々が「変化」を口にしてきた。しかし、その「変化」のどれだけが、たんなる量的変化を超えた、質的な飛躍を意味していただろうか？

そんな疑念とともに、ぼくはたびたびアルバート・アインシュタインのこんな言葉を思い出すのだった。

——ある問題を引き起こしたのと同じマインドセットで、その問題を解決することはできない。

つまり、問題の解決とは、それをひき起こしたマインドセットそのものから、「降りる」ことでなければならない、ということである。

本書ではまず第一章で、3・11以後の一年をふり返る。その月日について、今でもふたつの一見矛盾した思いが、自分のうちに同居しているのを感じずにはいられない。ひとつは、3・11以後の、ぼくをとりまく世界の「変わりよう」、もうひとつは自分をとりまく世界の「変わらなさ」についての感慨だ。

「変わらなさ」にはあきれるばかりだ。とはいえ、守るべき巨大な既得権益をもつ政官財の権力者たちの「変わらなさ」はまだわかりやすい。問題はぼくたち自身の内に居座っているかもしれない「変わらなさ」であり、「変わりたい」自分と「変われない」自分とがつくり出す、内なる縞模様だ。

さらに、「変わった」という時の、「変化」の質も問題だ。たとえば、政府が、二〇三〇年のエネルギーに占める原発の割合を「0％」「15％」「25％」とする三案を示したのは、3・11前にはありえなかった大きな変化だ。でも、経団連や日本商工会議所などに代表される財界が、経済成長を支えるのには最大の二五％でも足りないといって駄々《だだ》をこねているのは、昔からおなじみの姿だ。その財界に脅しつけられるようにして、大飯《おおい》原発を再稼働したり、老朽化した美浜原発二号機の運転延長を認めたりする政府が、広く国民の声を聴いたというアリバイを手にして、どこかまん中あたりで決着しようと企むのも、3・11以前から何も変わらぬやり方だ。

しかし、これに対する市民の執拗な抵抗や明快な意思表示は、日本社会に重大な変化が起こりつつあることを実感させてくれる。それを受けて、政府は次の選挙をもにらみながら、「脱原発依存」へとやや重心を移したかに見える。しかしその一方で、今度は期限を三〇年から四〇年へ、さらに先へと延ばしはじめる。これも古くから変わらぬ政治の手法だ。

3・11の後、エネルギー・シフトという言葉が急速に拡がった。「シフト」とは変化や移動を意味する言葉だ。もちろん、ぼくも原発から自然エネルギーにシフトすることには大賛成だ。しかし、そこでぼくたちはふと立ち止まって考えてみるべきなのだ。「原発から代替エネルギーへ」というのは、技術的、物質的な変更にすぎない。それが同時にマインドセットそのものの転換を意味するのでなければ、アインシュタインが言うように、問題の真の解決とはならないだろう。

そもそも、化石燃料にからむさまざまな問題を引き起こしたのも、原発をめぐる種々の問題を引き起こしたのも、経済成長を至上目的とするマインドセットであり、そのためには、ますます多くの安価なエネルギーを消費しつづけることが必要だという思いこみだった。それと同じマインドセットのままで、その他の代替案を持ちだしてきても、問題の解決とはならないのだ。

シフトとはまず何よりもマインドシフトを、つまり、社会意識の内なる変化や価値観の転換を意味しなければならない。それは、経済や科学技術が社会に君臨するような、これまでのシステムのマインドセットから降りて、もう一度、経済や科学技術が人々の福祉のために奉仕するような社会を創造していくことにちがいない。

タイトルが表しているように、本書は「下降」をテーマとしている。思えば、これまでこのテーマに関心を寄せる人はほとんどいなかった。人々がはるかに強い関心を示すのは、いつも「上昇」のほうだった。でも、考えてみれば、これは不思議なことだ。この世界には、「上がる」という上方へ（upward）の移動と同じくらい、「下がる」という下方へ（downward）の移動が起こっているはずなのに。

このことは、「前進」と「後退」の関係と似ている。人はなぜか前へ（forward）の動きにばかり興味を示し、後ろへ（backward）の動きには冷淡な態度を示す。

上下、前後への物理的な移動に限らず、人間の態度や心のあり方について語るときさえ、「上向き」「前向き」ならよいことで、「下向き」「後ろ向き」と言えば否定的な表現だ。

だが言うまでもなく、上下前後といった概念はどれも相対的なもので、どんな条件下で、何を基準とするかによって、上は下にもなり、後ろは前にもなる。それなのに、いつでもどこでも、上は下にまさり、前は後ろよりよいとして、下や後ろに対する故なき偏見を抱くのは、「前進・上昇主義」とでも呼ぶべきイデオロギー、いや一種の偏執だというしかない。

しかし、その偏執こそが、ぼくたちの時代の、ぼくたちの社会の基本的な性質であるとしたらどうだろう。そして、その前進と上昇の直線的な運動の果てに、重大な結末が待ちかまえているとしたら?

「降りる思想」が下向きなのはある意味当然だが、本書はおまけに〈後ろ向き〉だ。第一章での3・11以降のふり返りに続き、第二章では同世代であるぼくたちの生い立ちとその時代を、第三章ではさらにさかのぼって江戸時代をふり返る、というぐあいだ。

本書でぼくと対話する田中優子は、江戸時代の研究者としてかねがね、「前向き」という言葉の危険性に警告を発してきた。なぜなら、それは「直線的な価値観」というマインドセットを象徴する言葉だから、と。

——人類は「進化」し歴史は「進歩」している、という考えを導き出しているのも、直線的発想である。「前向き」はまるで戦場での激励のようだ。後ろを振り返るな、ひるむな、逃げるな、ひたすら前に向かって明るく前進せよ、そうすればその先にご褒美が待っている、というわけだ。このような直線的時空観念の支配によって、私たちは江戸時代までの日本を忘れてしまった。(『未来のための江戸学』二三八～二三九頁)

この言い方にならえば、「経済成長」という〈上向き〉で〈前向き〉な考えを支えているのも直線的な発想であり、それは江戸時代をはじめ、伝統社会に広く見られた「『因果《いんが》』『循環』という重要な思想」（二三六〜二三七頁）の対極をなすものにほかならない。

「前へ」、「上へ」、「進む」などがどれも観念であるにすぎないように、そもそも時間を直線的なものに見立てて、生きるということをひとつの方向へ向かうことであると考えるのも、思いこみである。近代化とはそういう思いこみを広く世界的に共有しようというプロセスだったといえよう。「科学技術の不断の進歩」や「無限の経済成長」といった観念は近代を貫き、そして今も世界中に広く、深く浸透している。でも、この思いこみは、どんなに立派に見えてもやはり単なる思いこみにしかすぎないのである。

「上向き・前向き」という観念の呪縛から自分を解放するためには、これまで忌避されてきた下向きで後ろ向きの視線を意識的に自分の中にとり入れる必要がある。いわば、足し算だけの偏った世界に、引き算をとり戻すのである。降りるとは、だから縮小する、ということだと言ってもいい。田中江戸学が重要になってくるのはそこである。

——江戸時代とは戦国時代から価値観を大きく転換した時代であり、それこそが江戸時代から未来を考える理由なのである。それを「拡大から縮小へ」という言葉で表現しておこう。（同上、二五頁）

破滅へと向かわざるを得ない拡大志向に代えて、社会の持続可能性へと向けて舵をとる。それが田中の言う江戸時代の「縮小」である。それから四〇〇年、崩壊へと向かいつつある未来を食いつくすかに見えるグローバリズムの時代に、いかにして持続可能性を手にすることができるか、というぼくたち現代人にとってもっとも痛切な課題において、江戸時代から学ぶべきことは少なくない。

本書の中にも登場する思想家サティシュ・クマールの教えを援用しながら、田中は二〇〇九年に書かれた自著『未来のための江戸学』の中で、ぼくたちが〈降りていくべき〉江戸時代の文化的な特質についてこう言っていた。「自己と他者を同時に考えられる文化、生命の関連と相互作用を感じ取る文化、土と社会と己を育て与える文化、『貪欲と浪費』より『配慮と節度』を重んじる価値観が、ひそんでいたのではないか」そして、そうした特質をとり戻し、現代に甦らせようというのが、「未来のための江戸学」なのだ、と。（同上、五二頁）

田中とぼくとがともに注目するサティシュ・クマールの思想とその現代的——ポスト3・11的——な意義については、本書の終章で改めて論じることになる。

第四章では、今年三月に田中とともに訪問したブータンについて話しあう。「上向き・前向き」志向に突き動かされてきた現代世界の中にとって、成功の指標であり続けてきたGNP（国民総生産）に対して、GNH（国民総幸福）なる皮肉とユーモアにあふれるスローガンを対置してみせたこのヒマラヤの小国は、「降りる思想」を育もうとするぼくたちに、さまざまなよきヒントを与えてくれるにちがいない。

「ファスター（より速く）、ビガー（より大きく）、モア（より多く）」という現代経済中心社会の真言（マントラ）に対して、江戸やブータンが醸《かも》し出す雰囲気を表すのは、「スロー・スモール・シンプル」というS

で始まる三つの美しい言葉だ。遅い、小さい、簡素。どれも、この世界では否定的な意味を背負わされている。しかし、その下向きで後ろ向きなエネルギーが、世界をぎりぎりまで追いつめてしまった、「過剰」を解決するための大きな力となるだろう。ぼくは、そう信じている。

これまで、未来という言葉は「上向き・前向き」派に独占されていたようだ。しかし、上ばかり見ていたら、前ばかり見ていたら、じつは想像力が萎えて、未来など見えなくなってしまうのだ。経済成長ばかり唱えてきた人たちが、いかにお粗末な未来予測能力しかもち合わせていなかったかを見れば明らかだ。「未来のための江戸学」が、「未来のためのブータン学」こそが、今必要とされている。

ぼくたちにとっての「転換＝降りる」とは、「上へ」「前へ」というマインドセットから脱け出して、下に、後ろに、しっかりと目を向け直すことなのだ。本書にも度々登場するエコロジー思想家ヘレナ・ノーバーグ＝ホッジが『ラダック　懐かしい未来』という名著の中でこんなことを言っていた。

この社会では「後戻りできない」という言葉がまるでお経のように唱えられてきた。もちろん過去へ戻ることなど、望んでもできるものではない。私たちはただ、大昔から続いてきた人と人との、そして人と自然との本質的なつながりへと螺旋《らせん》を描くように戻っていくだけだ、と。

ヘレナによれば、この「懐かしいつながりへの下降」は、世界中のあちこちですでに大きな流れとなりつつある。同じように、アメリカの仏教思想家ジョアンナ・メイシーも、世界に大転換（グレートターニング）が起こっていると言う。それは、環境運動、グローバル化に対抗するローカル運動、そして価値観の転換やスピリチャルな覚醒という三つの次元で同時に展開しているのだ、と。

その三つの次元は、やはりサティシュ・クマールがいつも言っているソイル（自然）、ソウル（心と魂）、ソサエティ（社会）という三つの領域に対応する。彼は、これまでバラバラだったそれら三つの領域が融合することによって可能になる、エコロジカルでソーシャルでスピリチュアルな世界のビジョンを示してくれた。そこへと、ぼくたちは降りてゆけばいいのだ。

「おりる」という言葉について、広辞苑はこう説明している。

——上から下への移動を示すが、到達点に焦点をおく点で「さがる」と異なり、目的・意図のある作用を示す点で「おちる」と異なる。

そう、ぼくたちは「さがる」のでもなく、「おちる」のでもなく、「おりる」のである。豊かさという幻想から、グローバル経済システムから、人間の本性へと、自然へと、いのちへと、愉しげに降りてゆきたい。

第一章　3・11後の世界と自分

この一年をふり返るキーワード

辻　3・11からすでに一年が過ぎ、この本が出る頃には一年半が過ぎていることになります。田中優子さんとの対話をはじめるにあたって、まずはこの一年をふり返ってみたいと思います。自分の中で気になっていることやテーマを、いくつかのキーワードを軸に議論していきたい。そのうえで、第二章では、3・11までの、自分たちがたどってきた道筋をふり返りたいと思っています。ぼくたちはだいたい同時代を生きてきたのですが、お互いに何をどう考えてきたか、学問的なことも含めて、照らし合わせることができたらいいなと。そして次に、その中から、ポスト3・11というこれからの時代に、何がどう生かせるか、を考えてみたい。この一年、ぼくは3・11の大震災を境に、新しい時代にふさわしいパラダイムの大転換を、と言ってきたわけですけれども、そのために、優子さんの江戸学やアジア学が重要な意味を持ってくるのではないか、と感じています。そこから何を汲み上げることができるか、またそれをどのように糧《かて》にできるのかを、お話をうかがいながら考えてみたい。以上が、この対談全体のだいたいの形です。ではまず、この一年をふり返ってみましょう。

田中：そうですね。震災全体からでは、コミュニティの崩壊がはっきり見えた気がします。そのことは以前から言われていたし、南三陸町などでは逆に壊れていないコミュニティの姿が伝わってきました。でも、やはり全体として、「人々は、共にものをつくりだし、共に生みだしていくという意味での共同体を、もう自分の生き方とはしていないのだな」ということを、かなり強く感じました。

以前から、「コミュニティの再生」とか「絆《きずな》をつくる」と聞くと、何か変だなと思っていたんです。いわゆる共同体とかコミュニティというのは、本来はただ近くで暮らしているという意味ではありません。共にものをつくっているという状態です。生産現場を共にして、それこそ運命を共にして生きるのが、本来の共同体なわけです。ところが、都会生活の出現によってコミュニティがベッドタウン化し、会社から帰ってきて、ご飯を食べて寝る場所になってしまった。にもかかわらず、隣近所を含めてコミュニティといい、「災害のときには助け合いましょう」という。けれども、私は、それはコミュニティの崩壊した姿だとずっと思っていたわけなんです。

東日本大震災の津波で被災したいくつかの漁村では、そこで共に漁をしてきたし、これからも続けようという人たちがいました。「これがコミュニティの最後の姿なんだな」と思いながらテレビを観ていました。そこにたとえば救援物資が届くわけですけれども、とりあえずは救援物資が届かなくても生きていけるのがコミュニティなんです。実際にしばらくの間、救援物資が届かなかった地域がありましたが、そこの方たちは、コミュニティの中でお互いに食べ物を融通しながら生きていました。行政に頼り続けること自体が言うなればコミュニティが崩壊している状態で、共同体の自立性が失われているのだと思います。

そして、何が起きても自分たちの力で回復していくという精神も私たちは失ってしまっていて、最終的には国に頼ろうという気持ちになってしまう。しかし、同時に、他の地域にはもうないようなコミュニティが東北にはまだ生きていて、そこには行政とか国じゃなくてＮＰＯが助けにいっていました。

もうひとつは、「平和」という言葉の欺瞞性《ぎまんせい》です。

コミュニティの「復興」？

辻　：ひとつずつ見ていきましょうか。３・11を通して、コミュニティがいかに崩壊しているかという面と、しかし、東北にはグローバル化の時代にもコミュニティがある意味ではしぶとく存続し、生き残ってきたという面とがあるわけですね。大都会の単なる下請け工場ではない、自立性を保持した地域でもあった東北が、今度の災害で、中央からの、大都市からの救援や復興プログラムに依存せざるを得ないという、ある意味では逆転した姿が現れた。大都市の災害とは全く違う形です。ぼくはそこがとても重要だと思う。つまり、「復興」というキーワード自体が問われなければならないと思うんです。大被害を受けた地方に対して、中央から援助の手をさしのべて、いろいろなインフラを再構築したり、整えたりしていく。ゼネコンが活躍するわけです。そういう発想というか図式は、全く旧態依然たるものですよね。地域の何をベースにして、どこへ向かって「復興」していくのか。何を取り戻して、何を変え、何を新たに創りだしていくのかというような発想そのものが希薄だったのではないか。中央が東北を復興するという発想では、東北をはじめ、全国のさまざまな地域で今まで営々と行われてきたコミュニティ再生のための努力など、まるでなかったかのようです。グローバル化の大波をかぶりながらも、地域を守り発展させようとするこれまでのローカルな営みこそが、本当の意味の「復興」であり、それこそがこれからの時代の先駆けでしょう。その点では地域のほうが都市よりずっと先に立っていた。そのベースの上に未来の姿を創りだしていこうという流れと、中央主導の「復興」とを、区別しなくてはいけないと思います。しかし都市に住んで、相変わらずグローバルなマインドセットの中にあるマスコミに頼っていると、「地域からの復興」がなかなか見えてこない。

田中：阪神淡路大震災の後、焼けてしまった長田町に商店街を復興させるわけですが、自分たちがやれる以上の規模の商店街を作ってしまったのです。そのために、かなりの人が借金を負いました。おそらくそれは、これを機会にもっと大きな事業を、と考えたからだと思うんです。縮小するという選択肢もあったのに、右肩上がりの価値観で、もっと大きい、もっと繁盛するような、もっと見た目を美しく都会的にという方向でつくり直してしまったのです。

辻　：そうですね。そういうインフラ以前に、仮設住宅をめぐっての混乱もありました。あれも中央が一律に大企業に建てさせていく。東京あたりでは、仮設住宅はそういうものだと安易に思うわけですけれども、たとえば岩手の住田町では、現地の人々が中心になって木造の仮設住宅をつくる動きが起こった。それから、天然住宅が栗駒林業と組んで、仮設としていずれ壊してゴミにするようなものじゃなく、将来は建て増しをして本当の住宅として長く住めるようなものをつくっていこうとしています。天然住宅では、アトピーや電磁波過敏症やその他様々なアレルギーの人にもやさしく、地元の木材を丁寧に使い、日本中の山と生態系が息を吹き返すことも視野にいれた住宅づくりを提唱しています。仮設でも、真ん中にコミュニティ的な空間の広場をつくった。しかも地域の木材を使って。いわゆる仮設住宅に多用される化学物質で病気になる場合も多いそうです。精神的な疾患も少なくない。

田中：仮設住宅には、人びとの集まる場所がなくて、孤立してしまうってことですね。

辻　：ちょっと考えれば何が必要か、何に注意すべきかわかるはずなのに。仮設住宅ひとつ見ても、「復興」についてのまったく違う二つの立場があるのがわかります。一方ではコミュニティの存続性を重視する視点、他方ではいわば計画的に、効率最優先でインフラ復旧を中心にすすめていく発想……。

田中：江戸時代に安政地震が起こったときの記録は、わりあいたくさん残っています。瓦版の中に仮設住宅の絵も何枚かあるんですよ。そのころは、誰かが建ててくれるわけではないので、自分たちでつくるしかないわけです。日本家屋って、ふすまに障子、それに畳がありますから、ぺしゃんこになった家からそれらを取りだしてきて、家らしきものを建ててしまうんです。壁と屋根と床があればいいからっていう感じで、そこにみんなで暮らしている、そういう絵があるんですね。

辻　：なるほど。自前の仮設住宅か。

田中：元禄地震の時の記録では、地割れがするので、畳をはがして庭に置き、そこにお年寄りを座らせておいてます。これも一種の仮設住宅ですよね。誰かの助けを待ってられないから、自分たちで何とかしていく。そのうち大工さんがきて建てちゃう。あっという間に建てちゃうんですよ。今の私たちは、家についての観念が大げさになっているんじゃないかと思いますね。ところで、仮設住宅っていらなくなったらどうするんですか？

辻　：産業廃棄物でしょうね。仮設にかぎらず、今の日本の家の大部分は、ほとんどが工業製品で、やがて産業廃棄物になるわけです。しかも、日本の家の平均寿命は先進国の中でもっとも短い。これは大変な環境問題です。衣食住のすべてにおいて、都会の人々はほぼ一〇〇%システムに依存していますが、その点でも、今回の震災を通じて東北の人々のたくましさを感じさせられましたね。コミュニティ精神や生きる知恵や技が地域にあるから、救援がこないうちに山の奥に入って水源を確保したり、たきぎを集めてきて煮炊きをしたり、共同風呂をつくったり、お年寄りのケアを自前ではじめたといった話が耳に入ってくる。都会の人間はいざというときどうするつもりなんだろう。東北の人たちのなかに、お手本になる「絆」のあり方が見えましたね。

田中：「絆」って言葉がへんだなと思うのは、外からいうことじゃないんですよね。生きていくために自然に生まれるものであって、今日生きなくちゃいけない、明日生きなくちゃいけないから、そうなるんであって震災で見えたのは、生きるために自然に生まれた絆です。多分、都会ではすでに絆がないから「絆、絆」って言うんでしょうね。

辻：言えば言うほど、いかにそれがないかが見えちゃう(笑)。

田中：私も事例として聞いたのが、南三陸町歌津《うたつ》半島の漁村の話です。漁村ですからほとんど津波で流されてしまい、山の上の古民家に集まって、次の日から皆で暮らし始めました。そのうち、手ぜまだからもう一軒家を建てたいとなったけれど、行政はなんだかんだと言うけれどやってくれなかった。インターネットで毎日の状況を発信していたら、それを知った福井県の人が資材を持って、「つくるなら俺たちに任せてくれ」とやってきて建ててくれたということです。小さなコミュニティがインターネットで発信して外界とつながる、という話をおもしろく聞きましたね。

辻：なるほど。こちらは農村ですが、ぼくにとって何よりショックだったのは飯舘《いいたて》村のことだなあ。縁があって何度かうかがっていましたし、飯舘から食べものを産直で送ってもらったりしていました。菅野村長ともやりとりがあった。彼は、スローライフを「までぃ」という地元の言葉を使って「までぃライフ」と言い換えて、ユニークな地域運動を展開していました。

田中：「までぃ」って、どういう意味なんですか？

辻　：ひとつの説では「真の手」と書く。手をかけて丁寧に、という意味です。だから、ゆっくりとスローに生きることにつながるんですね。ぼくの印象では、「までぃ」の精神は、地域の里山の風景にも表れていた。飯舘村の村歌は、「ふるさと」によく似ているんですが、とてもしっくりくる。日本の原風景みたいな場所だったと思います。でも、単に懐かしいだけじゃなくて、未来のビジョンが示されていた。経済成長だけの薄っぺらな豊かさを問い直す力が、そこにあるような気がしていました。そんな飯舘村に放射能汚染が集中してしまったとは、まったく、なんとも言いようがない。でも、たぶん飯舘村みたいなところは他にもたくさんあったのでしょうね。

田中：そうだと思います。

辻　：一〇月の「土と平和の祭典」（「種まき大作戦」というグループが二〇〇七年からはじめた、農を切り口に「地球環境」と「平和」をテーマにしたイベント）で、飯舘村の若いリーダーたちが話をしてくれました。すばらしい若者たちです。飯舘村は村全体が福島市をはじめ、福島県内外に避難しているわけですが、散り散りになりながらも、自分は「飯舘の飛び地」なんだ、飯舘村のコミュニティの一員であり続けるんだ、いつになるかわからないけれども、またいっしょに暮らすことを考えて生きるんだ、と話していました。それを聞いて、ぼくら都会の人間のコミュニティ度の低さを痛烈に教えられた気がしました。その時に会った佐藤健太くんには、その後も会って、いろいろなことを学ばせてもらっています。被災についての内側からの言葉を聞くと、これまでずっと震災のことや原発事故のことを聞かされてきたはずなのに、まだ自分は何も知らなかったんだな、と感じさせられる。

田中：地域振興という言葉がありますね。あれはまたいやな考え方だと思うんです。今の「までぃライフ」という、手間をかけて丁寧に暮らしていくことに対し、外からやってきて「これが地域振興だ」と言ってお金をかけて建物を建てていくとか、大きなスーパーがやってくること。おそらく私は、原発というのは、地域振興タイプの思想から出てくると思うんです。お金をつぎこめば地域は振興できる、若者が帰ってきて、豊かになる。そういう地域振興を私たちは許してきてしまったという気がするんです。本来は、「までい」のように、手をかけて丁寧に暮らし、地域でものをつくっていくことのほうが大事であるのに。それと同じような発想で行われたものに、巨大商店街とかモールとかがあって、地域の都市や街にそういうものがつくられていくと、どこへ行っても同じような街で、車で走る道路がつくられていく。復興に関しては、このような地域振興という考え方をやめなくてはいけないだろうと思います。だとすると、さきほど辻さんがおっしゃった「までぃライフ」というのは、ちがう方向性を示す大事なヒントになると思いますね。

辻：そのことに関連して、宮城の結城登美雄《ゆうきとみお》さんのことをお話ししたいのです。震災後、真っ先に会いたいと思った人です。でもご迷惑かなと思って少し待ってから、六月に会っていただきました。結城さんは、現代の宮本常一とでもいいますか、とくに東北を中心に村という村をくまなく歩いている人です。「地元学」という、いわゆるアカデミックな世界での地域研究とは一線を画した、地に足のついた地元の研究をされてきた。しかも運動家なのです。地域起こしや地域発の起業をたくさん手がけてもきた。その結城登美雄さんが、憤然としていましたね。いつもの彼より、やはり上気していた。もちろん政府やマスコミに対する憤りもあったでしょう。でもその一方で、地域に対する絶対の信頼がなおさら高まっていて、そこから来る興奮もあったと思う。こちら側に未来があるんだという確信がほとばしっているわけです。ぼくが以前、彼からの聞き書きを本にしようしていたことがあって、そのときの仮のタイトルは「世界でいちばん豊かな村」でした。それは主に宮城県の北上町のことだったんです。そこがどうなっているか、ぼくは気になっていたんですが、結城さんは震災以降、三カ月ほどの間に何度も足を運んでいました。被害がひどかったので、生き残った人たちも絶望して、最初のころには「こんなところにはもう住めない」と言っていたそうです。でも二週間後に訪ねると、ちょっと変わっていて「いや、こんなところだけどいいところもあるんだよな」とかと口にする。さらに二週間後には、「いや、ここでしか生きていくことができないんだ」と、考えを転換していたそうです。「そういうことが中央からはまったく見えていない」と、結城さんは言うわけです。

あの辺の村を歩いてごらん。どこの村にも、慰霊碑とかお墓があって、それは特別な意味をもった祈りの場所なんだ。それは今まで漁に出て海で亡くなったものすごい数の人々がいるということで、その数は災害で亡くなるよりもずっと多かった。それでもそこに営々と生きてきた人々がいて、その人たちの営みによって、都会にいる人たちはいわば養われている。このことがまったくわかってないんじゃないのか、と、結城さんは憤慨しているわけです。彼らはそこから何度も何度も立ち上がってきたし、どうやって生きていくかというノウハウももっていれば、そういう精神性ももっている。それらをベースにしなかったら、「復興」も何もありえないだろうに、と。

結城さんが最初にやろうとしたことは、小さな船をいろいろな場所から集めて、地域の漁業を復活させることでした。漁業というのは、GNP目線で見ればまず大型船による遠洋漁業ですが、実際には遠洋漁業が地域経済に占める割合は少しで、小さな船での近場の漁業が圧倒的に多いのです。だから、小さな船を集めれば、地域の暮らしが戻ってくる。そう結城さんは考えたわけです。

また結城さんがそのときさかんに話していたのは、CSA（community supported agriculture／地域支援型農業）のこと。コミュニティが支える農業のことです。CSFはコミュニティが支える漁業（fishery）、あるいは林業（forestry）。「これからはそれしかない」と熱っぽく語っていました。

海に出ていのちが失われるという事実を受け止め、共同の祈りの場をもち続けてきたコミュニティ。そこで暮らす人たちは、自然と向かい合い、自然とともに生き、その恩恵を受けながら、同時に大きなリスクを背負っている。ところが都会では、その恩恵だけを受け取って、リスクは負わない。こういういびつな構造がもう限界にきているんだ、と結城さんは言います。これからは、生産者と消費者なんていう区別をやめて、みんなが共に恩恵とリスクを同時に抱えこむ。それが本来のコミュニティなんじゃないかというわけです。そのためには、今までの地域コミュニティ、あるいは血縁コミュニティの意味を拡大して、たとえば、都会暮らしで子どもがいるなら、その子どもをコミュニティの中でみんなに育ててもらう。漁業や農業をしている人たちは、都会に住んでいる子どもたちの顔を知っていて、いいものを届けようと心がける。それがコミュニティの支える農業や漁業であり、農業や漁業に支えられたコミュニティなんじゃないか、と結城さんは言いたいんだと思います。そういう意味では、「復興」とか「復旧」とかといった次元を超えて、震災を、新しいコミュニティを想像したり、創造したりする機会にしていかなければいけないと、結城さんの話を聞いて、考えさせられました。

田中：今の話を聞いて二つのことを思ったのですが、ひとつは、内山節さんが『文明の災禍』（新潮新書）という本を3・11以降に出版されて、非常に大事なことを指摘されています。それは、都会に暮らしている我々は、両面あるものの一方をすべて排除してきた、ということです。たとえば生と死とすると、死を排除して生きることだけを考えてきた。宮城で牡蠣《かき》養殖をしている畠山重篤さんの例をあげていたのですが、畠山さんは「森は海の恋人」という会を立ち上げ、海をきれいにするためには、川をきれいにしなくては、そのためには森を森らしく保全しなくてはならないと、植林を始めた人です。その畠山さんは今回の震災でお母さんを津波で亡くされ、牡蠣の養殖場もめちゃくちゃになってしまった。間もなく、「それでも自分は海とともに生きていく」という声明をお出しになった。海はたしかに怖いもので、自分たちに災禍を及ぼすけれど、同時に恵みを与えてくれるもので、漁師はその両方を知っているからだと。内山さんは、その本にいろいろな両面性の事例を書いてらっしゃるんです。それを読むと、私たちは相対立するものを抱えこんで生きてきたはずなのに、いつかそれを自分たちの手でなくし、消していったのがこの近代なんだなということがとてもよくわかる。今の話をうかがっていても、リスクと恩恵というのは背中あわせなんだから、当然その二つを受け取りながら私たちは生きているわけで、どちらかをなくすわけにはいかないという考え方なんです。それはすごく大事なことだなと思いましたね。とくに、「供養《くよう》という気持ちがないのではないか」と始まるのですが、災禍によってマスコミをはじめとして供養という言葉が出てきていないと指摘しています。それはどうしてかというと、復興に焦点をあてているから。今までの自分たちの生活は、震災で亡くなった方たちだけではなく、もっとたくさんの亡くなった方たちによって支えられてあるんだ、ということをとばして、前に向かって生きろ、復興しよう、というだけではだめだと言っています。

もうひとつは、小さな船。『カムイ伝講義』（小学館）の中でも書きましたが、江戸時代の漁業を詳しく調べてみると、近海での漁にはいろいろな漁法がありますが、その中で、八《はち》出《で》網《あみ》というものがある。小さな船三艘とか四艘とか、いちばん小規模でやる場合には二艘の船を向かい合わせにして、網をおろして引っ張っていきます。四艘で囲う方法もあるんですけれども、つまり、小さな船で大きな漁をするという方法なのです。小さな船を使って一攫千金《いっかくせんきん》をねらう。小さな船でクジラも獲るんですよ。周りを船で囲んでいってクジラを獲ってしまう。一頭とると、それで何カ月も生きていくことができます。そういうふうに、江戸時代から小さな船で大きな漁ができたんです。それなのに私たちはもっと効率的にと考えてしまうから、大きな船で、エンジンつけてガソリンを使って、とやってきたのですが、たしかに、漁業をはじめるには小さな船があればできるんですね。

辻：気仙沼港で、巨大な船が打ち上げられている光景はやはり衝撃でしたが、そう考えると、あれも何か象徴的な気がしますね。また、近代化が一面化であり、両面性の喪失だという話ですぐ思うのが、震災後の「前へ、前へ」の大合唱です。マスコミに登場するほとんどの論者が、いろんな立場の違いにもかかわらず、「前へ進む」ことの重要さを強調する点では一致していた。たとえば朝日新聞は震災後、「ニッポン、前へ」とかいう名の委員会をつくったりしている。本当に「前向き」が好きなんですね。進むことばかりで、後退はおろか、とどまることも許さない。

田中：それは欧米の影響ですか？　欧米もそれだけじゃないと思うんですけど。

辻　：西洋近代でしょうか。西洋語にラテン語由来の「pro」という接頭辞がありますが、そこにはたいがい「前」とか「先」という意味が含まれている。たとえば「プロジェクト」や「プロブレム」は前に投げるという意味。「プロデュース」は前へ引っ張る。「プログラム」は前に書く。その多くが日本語にもなっているようなキーワードですね。そういう意味では、ぼくらのマインドセット、つまり思考以前の姿勢そのものが、「前へ！」につんのめっているのだと思います。それが内山さんの言う、両面のうちの一面を切り捨てていることにもつながる。

田中：そういえば、NHK・BSの番組でトリスタン・ダ・クーニャという島の話を見ました。アフリカ大陸の先端とヨーロッパ大陸の真ん中あたりにある島なんですが、イギリス領です。住民の方たちは、イングランド系とか、オランダ系で、だいたい白人です。番組に出た村は二五〇人くらいの人口で、自給自足で、完全平等性でやっている。小さな島だから村長みたいな役職もない。たとえば牧畜をやるときには、飼う羊の数も決めて、みんなが同じ頭数の羊を飼う。天候が悪くて外部から食料が届かないときには、完全管理してみなで平等に分ける。徹底しています。

火山島なので、一九六一年に火山の噴火で非常に危険な状態になったとき、島民全員がロンドンに避難しました。二年後に安全になったら、全員が島へ帰ることを選択しました。それから何十年たっても島の状況は変わらず、若者も学校でいったん島の外にでても、資格をとって帰ってくる。若者に「どうして島に帰ってくるの?」と聞いたら、「自由だから」。私は衝撃を受けました。ロンドンという都会より、小さな島のほうが自由だっていうんです。この自由観は、私たちが持っているものとは全然違うと思いました。どうして自由を感じるのかというと、島にはみんながいるから何でもできるという。これは、都会に電車が走っているからどこにでもいけるとか、お店がたくさんあってなんでも買えるとか、なんでも食べられる、という考え方じゃないんです。みんながいれば、何も気にしなくて、自由に生きてられると……。ヨーロッパ圏にもこういうところがあるのかと、ほんとうに驚きました。人間って、暮らし方によってそういう風にもなれるんだなと思いました。

辻：いい話ですね。「コモンズ」、日本で言う「入会《いりあい》」がちゃんと存続している。コモンズという言葉も、ポスト3・11時代のキーワードですね。「コモンズとしてのコミュニティ」という方向をもっともっと深めていかなければいけないと思います。

原発の「平和」利用

辻：さて、それでは次のキーワードである「平和」。

田中：とにかく「平和」という言葉がついたら、まず疑わなくちゃいけないと今回は本当に思いましたね(笑)。「核の平和利用」で日本は壊れそうになった。わざわざ「平和」と言うその背景に何があるんだろうと。私がすぐに気がついたことは、「原子力発電」という名前がついているけれども、要するにこれは「核発電」なのであって、原子力ではなく核という言葉で言わなければならないと。英語では「ニュークリアー（核）エネルギー」とはっきり言っています。

辻：ちなみに韓国でもちゃんと核を使って、「脱核運動」と言いますね。

田中：ああ、そうですか。日本でもちゃんと核って言わなくちゃいけないですね。核廃絶の核と、核（原子力）発電の核は同じわけだから、当然その背後には軍事利用を見込んで原子力発電所をつくっているという構図があるのだろう、と思っていたら、次々にそういう本も出てきました。岸信介が一九五九年に、もんじゅの視察をし、核配備がいつでも可能になるようにしなくてはならない、と回想録に書いたそうです。当然、アイゼンハワーをはじめとしたアメリカもそう考えているわけです。核廃絶とか非核三原則とか言ってきたけれど、日本人は、核配備を前提にして原発を推進してきた。

辻：原子力っていうのは、後ろを隠す看板みたいな言葉ですよね。

田中：鎧《よろい》を隠す袈裟《けさ》ですね。ある講演会でお話しされた方が「原子力発電はもうやめなくてはなりません」と話されて、そのとおりだなあと思って聞いていたら、最後に「でも、プルトニウムは持っていなくてはなりません」。それは日本の核配備のためですから、と言ったんです。でも、核拡散防止条約（NPT）によって、プルトニウムだけ持っていることはできないので、原子力発電所を動かしつづけなくてはならない。原発はやめようと思っている人の中にも、プルトニウムだけは持っていたいという人たちがいるんです。

辻　：そうですね。イランを責める資格ないでしょ。

田中：北朝鮮もですね。だから、「非戦」と言っている人たちは、原子力発電まで含めた核廃絶を言わなくちゃいけない。

辻　：なるほど。反戦平和運動の側にも、やはり目隠しが効果を発揮していて、これまでそこがひとつの盲点になっていたことは否定できない。だから、核配備とか軍拡競争に対する反対運動はできても、「原子力の平和利用」については、あまり表立って反対しないという側面があったと思うんです。

田中：それはまさに、「原子力」という置き換えられた言葉が功を奏してたということですよね。

辻　：みごとにね。でも今、政治家をはじめとして、核兵器を持ちたいという本音を話す人がでてきた。自民党の石破茂さんなどは、テレビでもはっきり言っている。

田中：そうなんですよ、本音が表にでてきている。

辻　：そういう意味では、正念場というか、いよいよ脱原発の本当の意味が知らされた、さて、我々はどうするんだ、ということなのでしょうね。

田中：「抑止力」という考え方が、私にはどうにもわからないんですよね(笑)。鉄砲をたくさん持っていると戦争にならないという話ですから。武器を持つことによって平和が保たれる状態になる。持っているけれど使わない、というわけです。この抑止力の発想そのものがおかしいわけですから、そこから議論をはじめないと、原発問題は解決できないと思います。もうひとつ、辻さんもよくおっしゃっていますが、「代替《だいたい》エネルギー」という考え。原子力に代わるエネルギーがあればいいんじゃないかというのは、おかしなことです。エネルギーは私たちにとって何か、どのくらい必要なのか、必要でないのか、そこから議論をしないと。このことは、3・11から今まで考えさせられましたね。

辻：代替っていうのは、英語のオルタナティブの訳語ですよね。原子力もそうだけど、訳語っていうのは怪しいものが多くてね。たとえば、民営化っていうけど、本当は「privatization」だから、私有化とか私営化なのに。民営化なんて訳すから、なんか「自分たちのものになるんだ」みたいな気分になる。言葉のマジックってすごいなとつくづく思うんですけど、自由貿易とか、規制緩和もそうですね。言葉だけ聞くと、「それは悪いわけがないだろう」と思わされちゃう(笑)。

オルタナティブにも、今までのものに代わる別の選択肢という意味があるんだけど、「代替」というと、「ああ、そうか、じゃあ、今まで原発が発電していた分を他のエネルギーで置き換えなくちゃ」ということに議論がスッと行ってしまう。3・11の直後にネットなどで流したんですが、ダグラス・ラミスさんの「椅子の話」があります。

「世にも快適な椅子があって、そこに男がふんぞり返っている。ただ、この椅子には一つ問題があって、その下には箱が置いてあり、ダイナマイトが入っている。箱からはひもが伸びていて、よく見ると、向こうから火が近づいてきている。導火線です。親切な人が『すぐに、そこを離れたほうがいいですよ!』と言うと、男はムッとして、『だったら、代わりの椅子はあるのか?』と聞いた」(笑)。

ラミスさんは、原発も同じだというんです。原発に代替案があるとすれば、原発から降りること、原発をやめることしかないんだよ、と。それなのに、原発推進派はこれまでも、そして今も相変わらず、「じゃあ、代替案はあるのか！」というでしょう？　そうやって、同じ土俵に相手を引きずりこむわけです。その上で、石油や石炭だとCO２削減はできないし、自然エネルギーはコストが高くて……という議論を展開する。これはいまだに同じですね。コストについて議論して原発推進派を論破することも、もちろん大事ですよ。大島賢一さんはじめ、良心的な専門家の方々にはぜひ、これまでのコスト計算のまやかしを暴いてもらいたい。だけど、ある意味、情けないですよね、福島であれだけの人たちが被曝して、命そのものが脅かされているのに、五円か、三円かっていう議論ばかりしているとしたら……。そもそも、地震大国日本で、地震活動がとくに活発になっている時期だと言われているのに、事故を引き起こした当事者たちが、いまだにコストの議論をしている。その上、ぼくたちまで向こうの土俵に乗っかって、原発に代わる有効な代替エネルギーがないからって頭を抱えているとしたら、かなり滑稽《こっけい》でしょ。このばかばかしさにまず気づくことだ、と3・11直後に思ったわけです。その上で、単なる「代替」を超えた、これからの新しい社会に必要なエネルギーを、どこからどういうふうに確保していくかをみんなで考えていけばいいって。

田中：そういえば、ソフトバンクの孫《そん》正義さんの判断は非常に早かったですね。

辻　：ええ、すごい集中力ですね。短期間にものすごい勉強をされたでしょう。すぐれたビジネスマンとはあいうものか、と感動しました。

田中：会社に入って組織に依存していれば生きてこられたような、日本人ビジネスマンではないからかも知れません。一人で切り開かねばならない人生を生きていらした。

辻　ああ、あれも在日スピリットでしょうか。確かに尊敬するんだけれども、一方で孫さんは「電田《でんでん》」と言いだしましたよね。耕作放棄地をどんどん利用して、そこから電気を生み出そうという提案です。それを聞いて、ちょっと待てよ、と思った。この人は果たして、第一次産業とか、日本の風土とかについて、どれだけ知っているのかな、と。３・11以後、「原子力ってあまりにもばかばかしいよね」ということを知った人たち、そして自然エネルギー派へとシフトしていった人たちも、新自由主義とか、金融に支配された世界のことか、ＴＰＰとかについてどう考えているのか、という問題がある。つまり、脱原発の思想を支える世界観が問われているわけです。

菅政権は、一昨年（二〇一〇年）秋にＴＰＰ推進を打ち出しましたが、３・11以後、そのことがぼくの頭を離れなかった。ちょっとなりをひそめているけど、いつまた始まるんだろうって。ＴＰＰこそは新自由主義の本流で、それに比べたら、原発推進は傍流という感じですから。案の定、二〇一一年の秋ぐらいから、堰《せき》をきったように経済優先主義のバックラッシュがやってきて、その中心にあったのがＴＰＰだったわけです。ＴＰＰって、何かぼくには、３・11をその人が本当はどう捉えているのかということを知るためのリトマス試験紙みたいに思えました。

その点、孫さんがどうなのか、まだよくわからないんですけれども、でも同時に大いに期待しているんです。「電田」についても、耕作放棄地や休耕田を利用するんだと言っているのは、失言ばかりくり返す政治家などとちがって、やはり気配りがあって、思慮深いな、と思った。「すぐに取り外しができるのが、太陽光発電のいいところ。原発と違ってすぐ移動できる。またそこを耕すことが必要になれば移動すればいい」と。ぼくはそれには賛成なんです。ただ、エネルギー・シフトが流行する中で、これほど電気を浪費する今の社会の異常さを問わずに、原発の代わりに自然エネルギーを、という発想だけがまかりとおっていないかどうか、ちゃんと確かめたい、ということなんです。

田中：今の政府にとっては、3・11って、何でもなかったのではないでしょうか。浜岡原発を止めて、その後も定期点検でどんどん止まりますけど、これから再開させるつもりでしょう？　しかも、ベトナムに原発を売りこんでいるし。

辻：原発の寿命も、まあ六〇年までは使えるでしょ、みたいなことを平気で言っている。

田中：つい最近、福島第一で、「四〇年で老朽化が起こっていたとは言えない」という結論がでましたね。それは、多分寿命が四〇年ということを消すためでしょうね。

辻：何事もなかったかのように、という感じですね。ナオミ・クラインの『ショック・ドクトリン』（岩波書店）が日本でもやっと出ましたが、いわゆる新自由主義は、ほとんどの災害や戦争を、みごとに好機としてとらえ、そのショックを利用して世界に広まっていった、ということを解明しているわけです。3・11の直後に、アメリカが「トモダチ作戦」といって上陸してきたのは、沖縄戦以来の光景でしたね。それからフランスの動き方もショック・ドクトリンを彷彿《ほうふつ》とさせたし、アメリカのモンサント社がさっそく動いて、遺伝子組換製品の導入に向けて農水省にすごい圧力をかけてきたという。そういう意味ではTPPもまさにそのショック・ドクトリンの好例でしょうね。つまり、3・11はいわゆる新自由主義から見れば、いいチャンスなんでしょう。

田中：そうです。これだけの大災害って、彼らにとってはチャンス。

辻　：じゃまな障害物をどんどんとり除いていく。その発想のいちばんよくあらわれていたのが前原誠司大臣です。彼はＴＰＰ推進の最前列にいましたね。彼の議論は、第一次産業は日本のＧＤＰの一・五％に過ぎず、それを守るために、残りの九八・五％を犠牲にするのか、というものです。

田中：私もテレビで見ましたよ。

辻　：逆に言えば、経済の九八・五％のためには一・五％は犠牲にしてもいいということで、これはすさまじい暴言なんですけど、政治家もマスコミもあまりびっくりしていない。それどころか、けっこう説得されちゃっている。「ああ、そうか、ＴＰＰに反対している人たちは、農業とか漁業とか、特殊な利権を抱えた連中なんだ」と考えてしまう。こういう発想が怖いのは、東日本大震災そのものを経済の視点でだけ捉えることにつながってしまうからです。ＧＤＰで言えば、東北はまさに、前原さんが言う一・五％の部分にあたるわけで、じゃあ、それを守るために、残りの九八・五％を犠牲にするわけにはいかない、となる。東京や名古屋や大阪を守るためには、東北を犠牲にしてもかまわない、というところにつながるわけです。そうなると、復興って、じつはそこに生きている人たちのためじゃなくて、大都市や経済界の利益になるかぎりでの復興にしかすぎない、ということになる。

田中：そうなる。それが松下政経塾の発想なんだと思うんですよ。政治と経済がくっついていて、経済のために政治があるという考え。すべてを数字で計算し合理化していく。政治家は、じつは全員新自由主義者か、と（笑）。

辻　：そういう意味では、原発のコストにしてもそうですが、コスト・パフォーマンスとか、費用対効果という言葉がすごく使われるでしょう。まるで、それさえ言えばなんでも説明できる、魔法の小槌《こづち》みたいに。これが問題の根本かもしれないですね。

田中：オッペンハイマーは『原子力は誰のものか』（中央公論新社）で、「原子力発電は絶対、国連を中心とした国際的な機関の下で制御しなくちゃいけない」と文書に残している。「私企業に任せちゃいけない、国に任せちゃいけない」。でも、アメリカは率先して私企業に任せちゃった、という経緯を書いています。私企業に任せたら、当然コストがどう、利益がどうかという話になりますし、もうひとつ、広告代理店との結託が起こりますから、莫大な広告費が払われます。アメリカも日本も、私企業の論理と広告の論理がくっついて何もかもがつくられていく。敗戦後の日本、とくに高度経済成長はそれでつくられてきたという気がしています。だって、福島の第一原発の誘致がはじまったのは一九六一年。商業運転を始めたのは一九七〇年です。原子力発電所は高度経済成長の落とし子とも言えますね。『フクシマ論』（開沼博、青土社）という本がでて、非常に話題になったんですけれども、その中でおもしろかったのは、誘致した双葉町などに、GE（ゼネラルエレクトリック）社の人が入ってくるわけです。そうすると、ハロウィンパーティーやクリスマスパーティーが開かれて、英語が飛びかって、お店がとにかく繁盛する。原発関係の人たちもやって来るから、キャバレー、バー、パチンコ屋も繁盛する。一九七〇年代に、町全体が東京以上に国際的な場所になっていた。それでみんなまいっちゃうわけです。「GEの人はとてもいい人だ」、「東京電力の人もみんなやさしいし」、とね。

辻　：まるで、終戦後の進駐軍のチューインガムやチョコレートですね。

田中：その当時、原発が来る前は、お父さんたちは出稼ぎにいっていたわけでしょう。家族はばらばら、もちろん若者も都会にでていってしまう。そこに英語の飛びかう賑《にぎ》わいがやってきて、しばらくすると沈静していく。工事が終わりみんな帰っていくからお金も落ちなくなる。すると、じゃあ2号機やろうかと。島根の原発を見にいったんですが、町にスポーツ施設とか公会堂とか立派な建物が建っている。ああ、あの「賑わいがやってくる」雰囲気というのは、高度経済成長期の東京の雰囲気なんだな、と気づきました。明日は今日よりずっといい、あさってはもっといい、という賑わい。それに浮かれる人間の心理の前に原発誘致が起こっている。そう捉えたとき、私たちは都会と地域は違うと思っていたけれど、本当は同じ価値観で動いていたに過ぎないのではないか。

辻　：ぼくも、佐賀県の玄海原発に一二月に行ってきました。韓国のファン・デグォンさんをお連れしたんです。優子さんには会って、対談もしてもらいましたね。読者のために言っておくと、ファンさんは『野草手紙』（NHK出版）という本の著者として知られていますが、無実の罪で一三年余を韓国の刑務所で暮らし、その経験を通じて独自の「生命平和思想」というものを創りあげた方です。ファンさんは今、仲間たちと生命平和マウル（村）という新しいコミュニティを霊光《ヨングァン》という町の山間部で創っているんですが、そこから三〇キロほど離れた海辺には霊光原発があります。ご存知のように韓国には二一基の原発があって、密度としては世界一らしいです。これからの建設計画も目白押しで、現政権は推進一辺倒……。ファンさんと玄海原発のPRセンターに行き、最上階の展望フロアに上りました。海と島々を一望に見渡すとても美しい眺めなんですよ。その風景の真ん中に、原発の建屋がある。ファンさんによると、霊光原発にもPRセンターがあるけど、もう少し後ろめたさというか、恥じらいのような感覚があるって。でもここにはその後ろめたさは欠けていて、とても誇らしげだ、と。こういうのを厚顔無恥というのかな。見事なパノラマの真ん中にデーンと原発があるわけですよ。自然に君臨し、それをみごとに支配している、という図でしょうか。

田中：そうそう、島根もパノラマでした。広いホールがあって何か上映されているけど、誰もいない。

辻　：警備員やスタッフばかりいて、いらないというのにたくさんパンフレットをくれてね。たぶん心の中では、「ああ、反原発の人たちなんだろうなあ」と思っていて、でも、そういう素振りは全く見せない(笑)。3・11の影響も全く感じさせない。そのことにファンさんは衝撃を受けていましたね。

経済という土俵——留まるのか、降りるのか

辻　：さきほど、コスト・パフォーマンス（費用対効果）の話が出ましたけれども、この「コスト」という言葉に凝縮されているようなぼくらのマインドセットがあって、相も変わらず経済という土俵の上に乗ったままだというのが問題だと思うのです。本当に問われるべきは、その土俵自体なんです。でも、そこから「降りる」という発想がない。まるでその土俵の外に生きる場所はないかのように。

一方で、ドイツ、イタリア、オーストリアなど、脱原発を果たした、あるいは果たそうとしている

国があって、それはすばらしいことだけれど、でもやはりどの国も似たような経済土俵の上で苦しんでいますよね。ということで、ポスト3・11時代には、脱原発も非常に重要な課題だけれど、それにとどまらず、経済そのものを根本から問い直すところにまで思想を深化させていかなければならないと思っています。そういう意味でも、たとえば、TPPというテーマと原発という問題を、別々の問題としてではなく、いっしょに考えていくことが必要でしょう。

田中：その二つは同じ価値観の上に成りたっていることですものね。

辻：ええ、さきほど結城登美雄さんの話でも触れたように、東北でもともと動いていた地域コミュニティと地域経済、ローカル経済のあり方が今後の経済をめぐる議論の非常に重要なベースになるのではないかと思っています。これに関しては、マーク・ボイルという人が書いた『ぼくはお金を使わずに生きていくことにした』（紀伊国屋書店）というおもしろい本が日本でも出て、ここに重要なヒントがある。一見、冒険ものなんです。「一年間、お金を使わないで生きてみるぞ」って。

マーク・ボイルはアイルランド出身で、彼が住んでいた町では、一ブロック歩くにも一五分はかかったというんです。なぜかというと、人がいっぱいいて、挨拶しあったり、会話がはずんだりするから。これ、ぼくの経験では南イタリアです。友人と出かけると、目的地にいつまでたっても着かない。そのうち「もう今日はいいか」となって（笑）。道が広場であり、コミュニティの社交場なんです。アイルランドのそういう町に暮らしていたボイルが、大学や就職でイギリスに出て、六年ぶりに帰ると、故郷の町は一変していた。アイルランドは、「ケルトの虎」と呼ばれるような驚異的な経済成長を遂げた。みんな投資家とかビジネスマンとかになって、道に出ているような暇な人はいなくなっていた。町に残っている人も家の中でパソコンに向かい、金稼ぎに忙しく、みんなが携帯電話を持つようになっていた。以前は、電話のある特定の人の家に勝手に入って電話を借りていたというのに。ほんの六年の間に、ボイルにとっての故郷が、コミュニティが、消えてしまったわけです。この経験を通じて、彼は考え始めます。「いったい何が起こったのか」と。経済成長によって豊かになったはずなのに、人々は明らかに不幸せになっているではないかと。それが二〇〇八年のこと。その時、彼はまだ三〇前の若さです。コミュニティの崩壊がよっぽどショックだったんでしょう。彼は懸命に勉強して、問題は金だ、という結論に行きつく。そこで今度は「金とは何か」という研究を始め、金のほとんどは民間銀行が貸しつけによって創っているものなのだと気づくわけです。お金を預かるだけじゃ銀行は儲《もう》からないから、なんとしてでも借り手を探そうとする。どこの銀行も広告を出して、金利を低く見せかけたりしながら、消費を煽《あお》り、自分のところにある誰かの預金の大部分を運用の名のもとに貸しだそうとする。つまり、どう見ても自分のものとは言えないお金を他人に貸しつけ、定期的に利子を得て、ローンが返済されない時には抵当に入っている不動産を差し押さえる権利まで銀行はもっている。こんな不公平がまかり通っているのは許せない、とボイルは考えた。

そこで彼がすごいなと思うのは、怒りにかられた行動じゃなくて、ガンディーのように、ボイコットに出る。つまり、この経済システムが狂っているなら、そこに参加するのをやめよう、と思うわけです。お金が問題なら、そのお金なしに一年間暮らしてみようか、と。結局、二年半実行してしまう。

快適で楽しかったから(笑)。それはこの本がユーモアにあふれていることからもわかります。最初の一年の経験について書いて本を出したら、それが大ヒットして、印税がボーンと入ってきた。

田中：お金が入ってきちゃったんだ。

辻　：これをどうするかと彼は考えた。彼はこの生活をはじめる前に、フリーエコノミー・コミュニティというサイトを立ちあげていたんです。フリーエコノミーとは、「無償の経済」とでもいうんでしょうか。ぼくはこの本の書評を日経新聞に書いたときに、「まちがってもフリーエコノミーを自由経済と訳してはいけない」と言っておいたんだけど、わかってくれたかな(笑)。そのサイトで、三万人以上いる会員に、稼いだ印税をどう使うかを問いかけたんです。そして四つの選択肢を提示してみた。その四番目が、「土地を買ってフリーエコノミー村をつくる」というもので、それに九〇%以上の人が投票したんです。もちろん反論もあった。お前は今になって金で土地を買うのかって。彼も迷ったあげく、土地を買って、今、着々と「金のないコミュニティ」をつくっているところなんです。

田中：コミュニティは本来贈与で成り立つ「お互いさま」の世界ですから、お金が動かなくても支え合って生きていく場所であるはずですね。

辻　：彼は金なしの生活をはじめる前に六つぐらいのルールをつくっているんです。昔、彼はサッカー選手になりたかったということで、「金なし」というのも一種のゲームだからルールをつくろうと。たとえば、クレジットカードは使わないとか、「化石燃料不使用の法則」とか、それから、ペイ・フォワードの法則。「ペイ・フォワード」という映画はご覧になりました?

田中：いいえ、映画は知りませんが、先に向かって支払う意味ですね。「情けは人のためならず」と同じでしょう。誰かを助けると、巡り巡ってやがて自分に返ってくる。落語でも交換ではなく、ただただ人を助けたくて助けてしまう人がいます。日本人にはもともと、なじみの深い感覚だと思う。

辻　：日本語のタイトルが「ペイ・フォワード〜可能性の王国」（ミミー・レダー監督）。学校で「世界を幸せにする方法を考えなさい」という宿題が出され、主人公の少年は一生懸命考えて、答えを編みだす。それは「自分が三人の人に見返りを求めない親切をする」ということ。自分がしたことを、その三人が次の三人にすると信じてやる。その三人も次の三人が必ずすると信じてやる。これがつながっていけば、信頼の輪がねずみ算式に広がって、世界を覆いつくし、しまいには自分が本当に困った時に助けの手がやってくるという考え方です。

ふつうペイというのは、受け取るモノやサービスへの対価として、同じ相手への支払いだと考えられているけれど、ペイ・フォワードとは文字通りに言えば、未来に向かって払うということ。ぼくたちは、このお寺（対談場所の善了寺）でカフェ・デラ・テラをやっています。カフェ・デラ・テラとはイタリア語で「大地のカフェ」という意味ですけど、大地のテラはお寺のテラでもある。ま、要するに駄洒落《だじゃれ》なんですけど（笑）。善了寺の住職といっしょに、お寺を地域に住む人々、地域で働く人々、そして地元の大学の学生たちが集まるカフェのような場にしていこうとする取組みなんです。そこで「恩送り」というやり方を考えだしました。参加した人が会費を払うんじゃなくて、また次の集まりが実現すればいいと思ったら、いくらでもいいからお金を置いていく。これもペイ・フォワードの一種だと思っています。

江戸時代には恩返しだけでなく、「恩送り」というものがあったと言ったのは確か、井上ひさしさんだったかな。考えてみると、「恩返し」というのはコストに近い考え方ですよね。何かをもらったら、それに見合うものを対価としてお返しするというのが交換ですが、本来は単なる交換ではなかったはずの「恩返し」も、だんだん、交換と経済の土俵の上に引きずりこまれていく。

たとえば、フェアという言葉ですが、「フェアトレード」というのは、フェアな交換ということですよね。いくらフェアでも「交換」にはちがいないわけです。中沢新一さんが3・11後に、『日本の大転換』（集英社新書）で、贈与経済をとりあげています。そこで、重農主義者といわれているフランスの経済学者ケネー（「自然の支配／フィジオクラシー（physiocratie）＝physio（自然）＋cracy（支配）」を主張した）を紹介し、人為的な自然支配のせいでゆがんでしまった経済を自然という土台の上に置き直すべきだと言っている。そもそも富を生みだすのは、交換ではなく、自然なんだというわけです。これを、ありきたりの言い方で言えば、ぼくたちはみな自然界の恩恵で生きている。すべての経済はそのおかげでしか成り立たないのだから、経済の本質は、交換ではなく贈与だということになる。ケネーの観点からすると、商業はものを動かしているだけ、工業は形を変えているだけ、だと。

田中：もともとは自然からきている。

辻　：さっきの土俵そのものが問われていると言いましたが、その問い直しのために、贈与ということが大事になってくると思うんです。東日本大震災でいちばんの被害を受けた東北というのは、まさに恵みの地なんですね。縄文の時代から、世界に突出するような、いわゆる狩猟採集民のイメージを変えるような、物質的にも精神的にも豊かな文化をつくりだした場所じゃないですか。それは今も続いていて、そこからの恵みが日本を支え続けている。お金やGDPで測れば、とるに足らないものであるように見えるけれど、水、土、空気、太陽の恵み、そしてそこで育まれる生きものの豊かさという基準で考えれば、まさにぼくたちの生存の基盤そのものです。東北をまずそういうありがたい場所として再認識すること、またそういう場所で取り返しのつかない事故を起こして自然そのものにほとんど回復不能な汚染を引き起こしてしまった。まずそのことをしっかり考えないといけないと思うんです。

田中：人だけではなく、そこで生きている動植物や、恵みとしての土地そのものを損なってしまったということですよね。その恵みで私たちは生かされていると、サティシュ・クマールさん（10・62頁、終章参照）はくり返しおっしゃっていましたね。ガンディーもそう。つまり、私たちが貪欲にならなければ、絶えず自然は恵みとして私たちの中に入ってくるから豊かになるはずだと。それはその通りですよね。だからどうやって私たちがそちらのほうに転換していけるか、ということですね。

贈与と報恩

田中：江戸時代には、恩返しというのは「報恩」という言葉で残っていて、恩送りという言葉でも表現されています。受けた恩に報いるというのが恩返しですけれども、必ずしも恩を受けた人に直接返すといううのではなく、恩送りを含むようですよ。もしかしたら、恩返しという言葉とその観念、つまり、恩を受けた人に返さなくちゃいけないというのは近代的な考え方なのではないかと、私はちょっと疑ってみたんです。たとえば「鶴の恩返し」とか、民話にも「恩返し」はでてきますが、もともとの話には、鶴を助けてあげたというくだりはないんです。助けてあげたから鶴が恩返しにくるという話になってますけれども、本来は、たまたま来た。恩返しの話ではないんです。

辻　：へーえ、それはおもしろい。

田中：そうすると、まさに自然の恵みの話でしょう？　鶴がやってきて、与ひょうのためにきれいな布を織るわけです。それは自然からの恵みです。ところが与ひょうは自然からの恵みと捉えないで、お金と替えよう、となってしまって……。

辻　：貪欲になっていくんですね。

田中：ええ。それで鶴は去る。このほうが本質的な話だなと思うわけです。

辻　：それはいいことを聞いた。そうすると、恩を返すということが、交換を超えるコンセプトだったということですね。

田中：恩返しそのものがそうだと思います。報恩は、恩に報いるというんですが、報いるのは助けてくれた当人に対してでなくてもいいとなっています。

辻　：「報恩講話」ってこのお寺にもあるけど、あれも太陽の恵みに報いるための祈りだそうです。

田中：それと同時に、コストではない考え方というのは、私にはウィリアム・モリスの言葉としてあります。

中世では職人はいくらでも時間をかけることができた。なぜかというと、賃金をもらわないか、あるいはごく少なかったから。つまり、お金をたくさんもらうと、人はそれに見合った分しか働かなくなる。ほんのちょっとか、収入がないということになると、お金のことは横に置いて、職人としていい仕事をしたいということになって、徹底的に時間を使って仕事をする。中世の工芸品の良さはそこから生まれてきた。これも交換じゃないわけですよ。わずかのお金をもらうというのは、おそらく生活するために必要なお金です。創ったものに対してこれは手が込んでいるからいくら、ということではなかったという意味です。モリスは、それこそが職人のあり方だし、自分もそうなりたいと書いているんです。モリスの時代にそう言っているのは、産業革命直後から、手間とコストについて考える人たちが出てきたということなんでしょうね。

辻　：そうか。そういう研究がモリスの『ユートピアだより』（岩波文庫）のような、お金のない世界を想像させるバネになっているのでしょうね。

田中：『ユートピアだより』は私のとても好きな本で、つまり、人が自分の好きなことをやっていてバランスがとれちゃうっていう話ですよね。

辻　：そこに出てくる職人さんたちと、江戸時代の職人さんたちにも相通じるものがありますね。職人気質っていうんですか。

田中：まさに江戸時代の職人たちはそうだと思いますよ。生きるのに必要なお金しかもらわない。それでも自分が満足のいくようにやるわけですよ。そりゃそうですよ。値段がついちゃうと、それと同じようなものを作ろうという意識しか生まれませんよね。

辻　：ちなみに、さきほどのマーク・ボイルですけれども、ペイ・フォワードをひとつのルールにしているんですが、人からもらうということは非常に大事なことだと言っている。なぜならば、人にあげるというのは人間にとって最大の快楽だから、その喜びを与えるという意味で、もらうことはすばらしい役割があるんだとね。それと同時に、交換も必要だ、と。今のようにアンフェアな交換が横行している状態を正すためには、フェアトレードを進めることも重要だと言っています。でもその上で、人間の幸せの土台はやはり交換ではなく贈与なんだ、と。

田中：結局、彼はどうやってお金をつかわずに生きていったんですか？

辻　：いわゆる自給自足です。ものを書くときは、使い捨てのボールペンはやめて、自然素材からインクをつくって書く。住むところは、持っていた車を改造して使った。農場の一角に場所を得て、そこで働いてそこで得たものは自分で食べて、と。そうした暮らしのディテールが本に書いてあるので、自給的な暮らしをしたい人のマニュアルにもなっている。彼がかつて生まれ育ったアイルランドのコミュニティは贈与を基本にしたローカル経済だったと言います。三〇歳そこその若さでこういう根っこをもっているのがすごい。ぼくも、ふりかえってみればなんとなく思い当たることはあるんだけれど、今の日本の若者、とくに都会に住んでいる人たちには、この感覚は欠けていると思いますが。

田中：お金がないと生きていけない、と思っています。

辻　：でも、こういうこともあります。以前、東北で講演に呼んでいただく機会が何度もあったんです。その後の懇親会に出ると、ぼくは一応ゲストなんですが、みんなぼくをほったらかして、勝手にもりあがっちゃう。何の話をしているかというと、海の幸、山の幸の話。海にも山にも、いつも採ったり、釣ったりするものがたくさんあって、それについて延々と話しているわけ。つまり狩猟採集の話で、それでお金を儲けるというんじゃない。これはGNP（国民総生産）にはいっさい換算されない領域です。しかしそれが明らかに彼らのGNH（国民総幸福）、つまり幸せ度の高さの秘密なんですよ。

田中：考えてみれば、田んぼとか畑には、自分たちが食べている領域があるけれども、それはGNPには入らない。つまり、ものが動いてないから。

辻　：海辺の人たちは海の幸をとると山の人にあげる。もちろんそれは、それが春には山菜、秋にはキノコになって還ってくるんだってみんな知っている。でも、これをあげたからそれを返してね、という交換ではないんです。

田中：そうすると、TPPって、すべてをGNPで表せる世界にしたいってことですよね。だから動かす。なんでも動かさなければ価値がない。

辻　：有機農業をやっている人にも、TPPが来ても大丈夫、いやむしろ歓迎という人もいるんです。それは自信があるから。自分ならではの生産物をブランド化すれば、前よりもさらに有利になり、お金も儲かるという見通しをもっている。でも、そういう考え方は危うい。損するか、得するか、という経済の土俵で考えてしまっているのは、有機であろうがなかろうが同じですからね。やはり、ここでも第一次産業というものが、大自然の恩恵を受け取る仕事である、という基本が忘れられている。

貿易と自給、そしてTPP

辻：もうひとつ、TPPは要するに貿易の領域の問題ですね。ではその貿易の反対は何かというと、「自給」です。この数十年、日本は「貿易立国」とかいって、嬉々として貿易の話をしてきましたね。ぼくが勤めているのも国際学部ですが、国際と言えば貿易っていうくらい、それなしに世界はありえない、みたいな感覚が行きわたっている。一方、「自給」という言葉はほとんど忘れられてしまっていた。人々はその言葉を聞くと、何か貧しくて、みすぼらしくて、苦しそうという、いやな連想ばかりするようになっていた。でもこのごろ、自給自足というコンセプトがまた脚光を浴びている。ガーデニング、帰農、半農半X《はんのうはんえっくす》（農業をやりながら、自分のやりたい仕事を模索し、実践するというライフスタイル）、若者たちの地域回帰などの動きがさかんです。さっき話したマーク・ボイルはまさにそういう人たちにとってのヒーローですね。3・11後、さらにこうした流れが加速していると感じるんです。

二〇〇八年、リーマンショックの後だったと思うんだけど、『自給再考～グローバリゼーションの次は何か』（農文協）という本がでて、結城登美雄さんはじめ、そうそうたる方々が寄稿されている。関廣野さんはそこで、貿易とはそもそも何なのかという貿易論を書いている。今や、「生きるとは貿易することとなり」、みたいな時代だけど、人間の歴史は自給の歴史であり、貿易とは歴史的にはごく新しく、しかも帝国主義と密接な関係をもつ暴力的な概念なんだ、と。そういう歴史的な文脈で見れば貿易立国などという言葉がいかに異常かがわかる、と。

いかがでしょう？　自給と貿易を江戸の視点から考えるといろいろ出てきそうな気がします。

田中：そうですね。江戸時代の貿易と今の貿易は、決定的に違うところがあります。目的が違うんです。江戸時代の場合には、輸出がほとんどないか、あっても相手も限られていて、銅と陶磁器ぐらいです。あとは、俵物と呼ばれる海産物を乾燥させたもの、これはわずかな量。そのぐらいなんですよね。江戸時代に輸入しているものはすごく貴重なもので、輸入は何のために行われているかというと、自給のためなんです。よりよいものを自給するために輸入をしていた。つまり、自分たちの技術よりも優れているものを輸入して、それを習うわけです。「こんなものをつくりたいな」とか、「ああ、こういうものが世の中にあるのか」と。それはインドの布であるとか、中国の絹や生糸、生薬であるとか。あとは書物ですね。そして、輸入した後に必ず自分たちでつくっていく。その前後関係がはっきりしていますから、江戸時代の貿易は自給のためにある、と言っていいと思うんですね。

ところが、やっぱり、江戸時代の世界の動きの中では、そうでない部分が生まれてきています。オランダ東インド会社とかイギリス東インド会社とか株式会社になって、株を募集して、お金を集めて、船に乗ってやってくる。ヨーロッパに持って帰って売れるものを買い集めていく。要するに、株式会社が利益を得るための貿易が、世界では広がっていくわけです。東インド会社はそういう動きをして、とくにインドに対して搾取をはじめていますし、彼らにとっては、市場開拓がすごく大事になって、江戸末期になると日本にはペリーがやってくる。ペリーが日本になんと文句を言ったかというと、「お前たちはあんまり買わないじゃないか」と。要するに買わせたいわけですよ。買わせたいから開国を要求する。自分たちが売りこみたい。そしてTPPと同じことが起こるわけですね。関税撤廃で、アメリカの綿花とかインドの綿花がどっと入ってきたりする。そうすると、いくつかの分野について、日本は早くも明治時代の初期に産業が崩壊しています。それまでは自給のために輸入してたのに、買わせられるようになった。ペリーは軍隊、軍艦でやってきました。自由貿易を迫ってはいるんだけれど、その迫り方は軍事的です。軍事力で脅して、自由貿易を、つまり開国しろ、物を買えと。それと同じことが戦後も続けて起こっていますね。アメリカから小麦粉とかパンとかミルクとか、いろいろ買わせられて、市場開放しろって言われ続けています。

辻：まるでTPPですね。

田中：同じことなんです。同じことのくり返しで、目新しいことは何一つない。すべて同じ価値観で展開している。しかも、いつも日本は負けている。いつも買わせられる側です。一時期、高度経済成長で日本が車をつくったり、家電製品をつくったりして、売る立場になったけど、それは一時的なものでした。アメリカが日本をどう見ているかというと、ペリーの時代から今に至るまで一貫して「市場」です。そして、アメリカの環太平洋帝国構築に役立ってくれる家来です。

辻：なるほど。TPPで、政治家たちが目新しい言葉のように「開国」なんて言っているのは、ばかばかしいかぎりですね。

田中：何度もやってきたでしょ、と言いたいですね。私が出演した二〇一一年暮れの「サンデーモーニング」で、ヘレナ・ノーバーグ＝ホッジ（映画「幸せの経済学」監督、著書に『ラダック　懐しい未来』）

さんが紹介されました。

辻：すばらしい番組でしたね。3・11のふりかえりから、あそこにいくという流れがすごかった！

田中：大航海時代からずっとやりましたでしょう？　グローバリズムが大航海時代からはじまった、というのは正確で、植民地主義があり、帝国主義があって、今に至りますという説明をしている間に地球儀の色が変わり、地球上がみな同じ色になりましたね。「不安」と「不幸」がキーワードになっていました。ヘレナさんの映画「幸せの経済学」で説明されていたように、人が不幸になり不安になっていく経過を、明治日本もたどったし、敗戦後の日本もたどっているんですよ。自分の文化を遅れている、貧しい、みじめだと思わされて、そこにマーケットがつけこんで刺激する。お前は不幸なんだよ、でもお金でものを買えばもっと幸福になれるよと。広告ってそのためにあるんだと思うんですよね。そうやって、日本は一貫して、開国といわれるたびにそれをやってきた。「ああ、自分たちはみじめなんだ」と思わされて、お金でものを買って幸せになろうと。私は、だからまたかと思いました。TPPに入れば、お金を払って、買い物をしなくちゃいけなくなりますよね。ヘレナさんはラダック（インド最北部のジャンムー・カシミール州東部の呼称で、小チベットとも称される地域）の変化を目の当たりにしてそのことを書いたけれど、同じ経過を日本もたどってきたんです。さきほどでたアイルランドも同じなわけでしょう？

辻：そう。まさにその後、苦労していますよね。

「敗北力」と「弱さの強さ」

辻 ：3・11の後、ぼくの中でよみがえってきた言葉のなかに、鶴見俊輔《つるみしゅんすけ》さんがおっしゃっていた「敗北力」があります。敗北するというのは、非常に高度な知性、想像力、能力を必要とする。敗北を認めるところからはじめて、しっかり敗北の過程を歩まなければならない。でも日本はその点が非常に貧弱だということが、今度の3・11でも暴露されたのではないかという感じがするんです。

さっき、後ろ向きという話をしましたけど、ぼくの勤めている大学の同僚でもある作家の高橋源一郎さんと、「弱さの研究」という小さな研究会をやっているんです。始めたのは3・11の前なんですが、「弱さ」という観点から、3・11について考えてみたいと思っています。さきほどのコミュニティの話で、「絆」という言葉もでてきたけれど、どうして絆が必要かというと、人間は一人ひとり個々ばらばらであれば非常に弱い、脆《もろ》い存在だからです。それが、結びつき、補いあい、支えあうことによって、コミューナルな存在として生きていくことができる。3・11、とくに福島原発の事故をふり返ってみると、元来もっている弱さや脆さを否定して、「強さ」と見なされてきたものばかりを強調してつっぱしってきた結果、その硬直した強さがポキッと折れてしまったという印象があります。

田中：ちゃんと敗北できなかったということでいうと、戦後すぐ、岸信介の言動だとか、中曽根康弘《なかそねやすひろ》が原子力の予算をつける行動を推し進めるわけですが、そういう行動に私が何を感じるかというと、「あ、この人たちは勝とうとしているんだ」ということです。アメリカに負けたことを認めたくない。そして、何かチャンスがあると勝とうとする。でも、アメリカには勝ち目がない。だから、アメリカを後ろ盾にして、とにかく何でもいいから勝つことで、敗戦を乗り越えたいと思っていた。

戦後そういう行動が出てきたということは、今回、復興というのもそれと似た形で出てくるのだと思います。負けを認めたくない。困難な状況を認めたくない。できるだけ早く勝ちたい。これは、競争原理の中での勝ち負けの価値観にすっぽりと入っちゃっているということでしょう？　負け組なのか勝ち組なのかという話。そこに原子力がでてくるんだと思うんです。勝つための原子力。

辻：なるほど、勝つためか。

田中：そういう価値観では、日本列島の弱さ、つまり地震国という側面は目を覆って見ない。3・11以降に、何かのインタビューで、外国人の子どもが「どうしてこんなに地震の多いところに、原子力発電所をたくさん建てたんですか？」と聞いていました。ごくふつうに生じる疑問だなあ、と思いましたよ（笑）。日本列島はほとんど沼地だったといわれています。江戸の地図を見てもそうです。江戸城ができる前の江戸はほとんど沼地。浅草寺の周りがほぼ湖のような状態で、浅草寺は金龍山という山なんです。湖の中にぽこっと建てたらしい。だから、とてもゆるい、豆腐のような上に乗っかって私たちは生きているようなものなんですけれども、そのことに目をつむってしまう。「弱さに目を向けない」という態度は、いろんな問題につながっていきますね。

辻：そういう意味では東北の人たちがもっているレジリアンス、つまりしなやかな強さみたいなものとは対照的ですよね。どちらを土台にこれからの日本を考えていくかっていうことになるんでしょうね。

女性という視点

辻　：ひとつ優子さんにぜひお聞きしたかったのは、女性という視点です。３・11後の日本について、女性の観点から見えることが多いんじゃないでしょうか？　いよいよ女性原理を土台にした社会を、という声も聞かれますけれども。

田中：女性原理かどうかわかりませんが、男性には観念的な面があると思います。言葉や観念で物事を考えるのが大筋で、現実に目を向けることを恥だと思っている気がします。たとえば日本列島の脆弱《ぜいじゃく》さに目を向けようとしない、というのもそうだけれども。ものを考えている女性たちは、「右翼」「左翼」という言葉はもう使ってないんです。でも、男性はいまだに「右ですか、左ですか？」と。

辻　：ほんとう？

田中：ええ。原子力の話をしていると、「右翼、それとも左翼？」と聞いたりするので、「今、それは関係ないでしょう」と(笑)。それは、観念的に人を分けるとか、物事を観念的に整理していくやり方だと思いますね。それが男性の弱さじゃないですか？　なぜかというと、現実に対応できなくなるから。さらに、トラブルを男性同士で起こしているときに、理由を聞いてみるとプライドがからんでいることが多い。自分とは何かということをかなり観念的に考えているのではないかなと思います。

女性原理になぜ現実性が出てくるかと考えてみると、子どもを産んだか産まないか、育てたか育てていないかに関係なく、やっぱり産むという性、生命を自分が任されているその感覚を持っていることじゃないかしら。私は子どもを産まなかったけれど、学生を観念的な人間として捉えているんじゃなくて、生命として捉えているんですね。だから、守らなきゃならないのはこの子たちの命だって思いがあります。どんな考えを持っていても、どうしようもなくても、やはり愛しいという気持ちがある。そういう感覚を男性が持っていないのかどうかわからないけれども、でも、女性には、生命に対する、ある種のもともと持っている感性があるのかもしれないと思うことはあります。

辻：それはすばらしいことですね。

田中：辻さんはどうなんですか？

辻：自分のうちなる女性性を大事に育てたいという気持ちはあったので、ある程度は……。

田中：自分をそういうふうに鍛えていったからですか？　それとも思想として？

辻：鍛えるという言葉が当たっているかどうか。ひとつ、今の優子さんの言ったことで思い当たるのは、学者ってエリートで優等生が多いから、学生を下に見るんですよね。そういうのは、優等生であったことのないぼくにはわからない。不自然です。それに比べると、みんなかわいいという感覚はわかる。

小学校の教師にはあるのに、なんで大学の教師にそれがないのかな、と思います。

田中：大学生といっても、まだ子どもですしね。

辻：3・11以降の動きを見ていくと、女性たちの言葉のほうが男たちのより響いているんですよね。より深いと感じる。なんだろう？　エリート男性たちの言葉は深くない(笑)。

田中：原子力関係の人たちは超エリートですよね。

辻　：そう、政治経済の人たちも。なんかすごい偉そうにしゃべるわけですよ。「これからの世界はこうだ」とか言って、「TPPのほかに選択肢はないです」なんてね。もう神の声なの(笑)。

田中：そういうものの言い方って、やっぱり男の人のほうがするでしょう？「選択肢はないんです」ってね。誰に対して言っているの？　あなたにだってないでしょうって思います(笑)。さきほどのラミスさんの椅子の話みたい。女性だったらすぐに逃げる人が多いと思う。こんな椅子はどうでもいいからって、逃げるのは当然。それに何かね、自分だけの問題じゃないと思えるんじゃないかしら。今、ここで逃げなければ子どもたちはどうなる、というふうに。

辻　：ぼくもとにかく子どもを逃がそうと思って、友だちの家に避難させました。逃げるという選択肢もあると、身をもって示したいとも思った。逃げるのはみっともないという気持ちは超えないといけないと、3・11後にはとくに思いました。でも、逃げる場所なんてじつはあんまりないわけですよ。

田中：そうですね。日本中、ほんとうは逃げる場所なんてないのかも。

辻　：でもね、とくに幼い子どもたちがいる女性たちのパワーは感じましたね。この人たちが日々心に抱いているのは、「この子のためにきれいな水がほしい」、「この空気が毒のない空気であって」といった、すごくベーシックな、ボトムライン（生きていく上で最小限必要とするもの）の願いですね。そのボトムラインに近いところに降りるという経験を、3・11でみんなもつことができたと思うんです。この経験からの感覚をベースに復興していかなくちゃいけないのに、そこから遠いところにいて、ボトムラインがぜんぜん見えない人たちばかりが、あれこれ議論したり、政策をつくったりしているのを見ていると情けなくなります。

田中：残念だったのは、そういう女性たちが動きだしたときに、「ああ、女たちはヒステリーだね」と言った人たちがいたことです。

辻　：何人かいましたね。「原発反対は女子どもの集団ヒステリーのようなものだ」と言ったのは、石原伸晃さんでしたか。

田中：たとえば、ある賞の審査をしているときに、原発の反対運動に長く取り組んできた人の作品が最終審査に残っていたんです。それについての評価を話しているときに、「男なのに、女子どもみたいにヒステリーになるやつがいるんだよね」と言った人がいました。ああ、３・11後でもこういうことを言うんだとびっくりしました。でも常日頃、そう思っているんでしょうね。それがぽろっと出ちゃう。テレビ収録のスタジオで原発のＶＴＲを観ているとき、「女はどうして感情的に反対するか」という主旨のことをつぶやいた男性もいました。

辻　：これは男性だからなのか、近代合理主義の産物なのか……。

田中：男性の中の知的であるというそのことの中に、感情を出すことは知的ではない、つまり恥ずかしいとか、客観性を失う恥ずかしいことだと思っている何かがあるんでしょうね。

辻　：男性性と合理主義がハッピーな結合をして、男性的な近代が生まれたということなんでしょうか。

補償《ほしょう》、賠償《ばいしょう》とは?

辻 :3・11以降、気になったキーワードのなかに、賠償とか、補償とかがあります。ぼくは、水俣《みなまた》病事件の当事者の一人だった緒方正人《おがたまさと》さんの聞き書きをして以来、補償について考えさせられました。彼は被害者たちが補償を受けるため「患者認定」を求める運動の先頭にいて、葛藤の末、挫折し、運動から身を引く。その間、彼が「狂い」と呼ぶ精神的な苦難をくぐるんです。「金じゃない。金じゃなかったら、ではいったい何なんだ?」という問いを刃のように自分に突きつけて苦しんだわけです。

3・11以後、政治家が言うべきことを言わないで、何かよくわからないものの言い方ばかりしているという印象をもっている人は多いと思うけど、それは、最初から裁判とか、賠償とかという先の問題を見越して、用心深く話をするという理由があるんじゃないでしょうか。それが政治家や官僚としての本能のようなものなのかもしれない。まるで先に手を打ったほうが勝ちといわんばかりに、政府も東電も何かというと「賠償」と言うでしょ。今後、被害を受けた人たちが賠償を請求する側となって、加害者側は御用学者やおかかえ弁護士を動員してそれを受けてたつという構図になり、また長い時間をかけての訴訟へと展開していくことが予測できる。まさに水俣病事件といっしょです。加害者・被害者という二項対立からなる訴訟という土俵が完成して、みんながその上に乗ることを要求される。そしてそれに乗らないものは、存在しないと同じように無視されていく。そして、こういうふうにして事件をシステムの中へと回収していくやり方を見抜いて、その土俵から降りていったのが、緒方さんだったと思うんです。かつてぼくの前で緒方さんが回想してくれたことが、3・11以後まさに目の前でどんどん起こっていると思いながら見てきました。では、「賠償」っていったい何なのだろうと考えてみると、要するに、緒方さんが気づいたように、「罪」という言葉を覆い隠すための言葉なんですね。罪というのはたしかに厳しい言葉で、日本人はそれを使うことを避けている感じです。だけど、本当は、この言葉に向き合わなければいけないと思う。向き合わないで済ませるためのカモフラージュが、補償や賠償という仕組みなんじゃないかな。ここで罪というのは、単に、「東電の犯罪」という狭い意味ではないんです。文明の罪、もっと言えば、人間の罪、というような意味です。これも緒方さん風に言えば、裁判をいくらやったって、証言台に立てるのはしょせん今生きている人間だけじゃないか、ということになる。ほかの生きものとか、まだ生まれていない未来の世代はあらかじめ、締め出されているわけです。ほんとうの被害者は彼らなのに、ね。

先ほどの話に戻っていえば、3・11が本当の意味での転換の機会になるとすれば、まさにシステムそのものを問わなければならないのだから、やっぱりこの罪ということに向き合う必要があるんだと思う。そんなことまで言い出したらきりがないよ、と運動家を含む多くの人は言うでしょうけどね。でもやっぱり、近代化とともに人間が抱えこんできた罪、裁判で問われるような罪よりもっと深い次元の罪も、問題にしていかなきゃいけないんじゃないでしょうか。

田中：賠償というのは罪をぼかしてしまうというのはわかります。水俣でうかがった話ですが、賠償金が支払われるという噂《うわさ》が流れただけで、建築会社や家電会社などが、わっと来たというのです。家を建てませんか、家具はどうですか、と。一方で、『苦海浄土《くかいじょうど》』（石牟礼《いしむれ》道子、講談社文庫）では水俣病が起こる前の漁師の世界も描いていますね。夫婦で、それこそ小さな船で海に出ていって、一日中魚をとって、途中で魚をさばいて、ご飯を炊きながら食べている。そういう生活の海が汚され、コンクリートで蓋《ふた》がされ、立派な家がたくさん建つ。それが賠償なんだと思いました。つまり、何も取り戻せなかったけれど、お金は支払われた。3・11でもたぶん同じことが起こって、いろんなものが消えていき、問題はコンクリートで目隠しされるでしょう。それが賠償です。

辻：なるほどね。賠償でつくられるのは代替物か。

田中：チッソの株主総会のときの報道映像が残っているんですが、株主総会に水俣病の患者さんたちが入る。全員お遍路《へんろ》さんの白い装束に笠をかぶり、江頭社長（皇太子妃・雅子さんの祖父）が舞台に上がると、鈴を鳴らしながら迫っていく。ものすごく迫力があって、怖いくらいです。私はこれだ、って思いました。補償がほしいわけではない。人間が人間に犯した「罪」に対して迫っているんです。鬼気あふれるものがあった。その後、多くの問題は政治問題になってしまった。水俣もその後は補償問題になっていきます。でも、あの怒りはすさまじい。

辻：緒方正人さんはよくこう言っていました。賠償する側も、補償を受けとる側も、みんなして水俣病事件を終わらせようとしている。「でも、俺は終わらせない」と。だから、彼は補償金を受けとらない。人はお金で片がつくけど、死んだ魚《いお》や鳥たちはどうするんだ、と。またこうも言っていた。我々はみんな泥棒みたいなもんじゃないかって。スーパーに行っては、「金は払った」とばかり持ちきれないほど袋につめて運んで、冷蔵庫につめこんでいる。でもそれはみんな盗品だろう、と。

これはさっきの話と同じですね。ぼくたちは対価などという勝手な言葉ですませようとしている。そしてシステムという土俵の上ですべて片がつくかのようにふるまってきたし、今もふるまっている。でもじつは、何ひとつ片はついていないし、それどころか自然はどんどん疲弊し、悲鳴をあげている。しかし水俣の後も、ぼくたちはその自然の声に耳を傾けてこなかった。その結果が3・11だったんでしょう。かつて、水俣とかチェルノブイリというのはどこか遠いところの話だった。ところが今やどうでしょう? 世界中が水俣であり、チェルノブイリという感じですよね。作物は農薬で汚染され、食べものは食品添加物だらけで、建物はシックハウスで、大地は放射能汚染され、というように。

田中：どんどん悪くなっていますね。私が小学校のころ読んでいた本に、ヨーロッパの花粉症の話が出てきて、「へえ、ヨーロッパでは花粉症っていうのがあるんだ」って思ったけど、今や花粉症はあたりまえ。天気予報で花粉情報までやっている。悪くなるばかりなのに、それを進歩と呼んでいる。

辻：あいも変わらず、その同じシステムの中で、なんとかつじつまを合わせようと思って、いろんな策を練っては、システムがいまだに健在であるかのような幻想を維持しようとしている。でも、3・11以後、底が見えてしまった。

田中：そうか。補償制度っていうのは、スーパーで買物するのと同じように、お金さえ払えば、何をもってきてもいいのだと、そういうことですね？ ということは、最終的には金を払えば何をしてもいいだろう、ってふうになっちゃうってことですよね。

尊敬するサティシュ・クマールを迎えて（2012年２月、明治学院大学にて）

第二章　江戸・ブータンへの道のり

生まれたのは横浜の下町

辻　：この章では、生い立ちも含めて、3・11以前のことをふり返りたいと思います。とくに、優子さんがどのような思想的な道筋をたどって、「江戸学」にいたったのかをうかがっていきたい。あわせてぼくのほうも、どのような経緯をたどって、ブータンとかGNHとか「幸せの経済学」とかに行きついたのかを、考えてみたいと思います。

田中：では、まず生い立ちを。私は一九五二年の生まれですから、歴史的にいいますと、朝鮮戦争が一九五〇年～一九五三年、そして認定されたのは一九五六年ですから、すでに水俣病も起こっている頃です。そして日本は戦後復興の時代ですね。

辻　：そう言えば、そのころも「復興」の時代ですね！

田中：ええ。「敗戦からなんとか立ち上がろう！」という雰囲気の時代ですよね。私は横浜の下町の長屋で生まれ育ちましたので、戦前の長屋の雰囲気が残っていました。商店街がありますと、その裏に長屋があるのを裏長屋っていうんですよ。そういうところで育ちました。

辻　：商店の人たちはそこに住んでいるんですか？

田中：はい。長屋の人は、商店の裏から入っていって買い物をするとか、商店にしか電話がないので裏から入っていって借りるとか、電話があると呼びに来てくれて裏から入るとか、日常的な出入りをしているんです。どこにどんな人が住んでいて、どんな暮らしをしていて、どういうことを考えているかがわかるし、子どもたちもそれぞれ違う学校に行っていても仲がいい。

辻　：さっきのアイルランドの話みたい。

田中：そうですね。でも長屋の中の道というのは、もう道という概念ではなくて、空間というか、そこでみんなで遊んだり、立ち話をしたりする場所。

辻　：水は？

田中：水道でしたね、横浜ですから。都市ガスもきているし、設備が整うのはわりと早かったですね。お風呂はまだなかったので、歩いてすぐの銭湯に行ってました。行けば友だちとか顔見知りが誰かしらいるし、共同体の中で自分が生きている、守られている感じが非常に強くありました。だけれども、後で考えてみると、高度経済成長期っていうのは、そこから抜けだすための時代だったんですよ。

辻　：そう言われるとそうですね。

田中：私の母は、子どもたちを長屋からどうやって抜けださせようかと考えている人でした。たとえば、子どもたちは歩いてすぐの小学校に行っていたけれど、兄と私は学区外通学をしていた。バスに乗って、いわゆる名門小学校といわれるところに通っていたんですよ。たかが小学校ですから何が名門かと思うんですけどね（笑）。私と同じ学年にお医者さんの息子がいまして、同年齢ではその子と私だけが学区外通学でしたので、二人で通っていたのです。そういうことが、この下町の生活から抜けださせる大事なことだっていう価値観があったんですね。当時は、団地ができはじめていました。団地には応募に人が殺到して、くじで決めるんですが、母も幾度か応募して落ちていました。

当たらないのでその下町にいるしかない。でも、子どもたちをいずれ他へ移そうと思っているわけです。私にとってはその小学校はとてもおもしろいところでした。どちらかというと風紀は悪いんです。横浜って、中心部に行けば行くほど、当時は港湾労働者がいますし、日ノ出町とか黄金町という麻薬の巣窟《そうくつ》がありますし、ストリップ劇場があったり、パチンコ屋があったりするところですから。

辻　：ああ、野毛《のげ》には闇市の跡がありましたね。

田中：そう、野毛にある小学校でした。中華街からきている中国人の子どもたち、それにまだアメリカ兵がいっぱいいましたので、アメリカ兵との子どももいた。黒人との混血の子どもとか、白人との混血の子どもとかがいましたね。貧富の差もすごくありましたね。

辻：同じ学校の中でも？

田中：ええ。伊勢佐木町《いせざきちょう》界わいは、古くからの大変裕福な商人が住んでいるところなんですよ。まだ中心が横浜駅に移っていなくて、伊勢佐木町通りは大変繁盛していました。野毛から伊勢佐木町に至るまでは、飲み屋街じゃなくて商店街でした。そこにはお金持ちの子どもがたくさんいるんですね。お金持ちの家というのはこういう家だ、という見本みたいな家を見たし、どん底の貧乏も見た。川に住んでいる子どもたち、船上生活者ですね。港の荷物を運ぶために船に住んでいるわけです。当時も違法だったのかもしれないんですけれど、とにかく船に住んでいる。子どもとしては「え、船の家に住めるの⁉」とうらやましくも思ったりしましたが(笑)。

辻：『泥の河』(宮本輝)という小説や映画(小栗康平監督)がありましたね。

田中：そうですね。当時、横浜港には港湾労働者のバラックもずらっと建っていました。そこの生活もとても貧しかったですね。私は、自分の生活のレベルがそこにいくと分かったんです。上もいるし下もいるのだと。そうやって学区外通学をして、しかもバイオリンのレッスンも受けていたんです。

辻：それは、山の手的な生活だ。

田中：山の手的な生活を下町の中でやっているっていう、すごく変な感じ(笑)。ピアノは買えない。お金がないし、そもそも家に置けないから。それでバイオリン。どうやってそういうお金を捻出したか考えると、きっと大変だったでしょうね。母も年中いろいろな内職をしていました。

辻　：お父さんは何の仕事をされていたのですか。

田中：空調機械の設計をやっていました。その当時は会社に入っていました。後に独立しますが。

辻　：時代の先端をいくお仕事に見えますが。

田中：でも父はエリートではなく職人です。小学校までしか出ていませんので、戦前、本屋で丁稚《でっち》奉公をしていた。その後、高校卒業の資格を独学でとったんです。そのときに機械関係のことをやって技術を身につけて会社に入ったので、職人的な人ですよね。人間は好きなことをやっていられればそれでいいという価値観で、子どもたちを出世させようとか、ここから抜けださせようというのは、父はありませんでしたね。両親と兄、私、母方の祖母の五人で暮らしていました。狭かったので、私は祖母といっしょに寝ていましたね。

辻　：上昇志向のお母さんと、そうではないお父さん、ですか。

田中：母は自分の母親のことをすごく好きで、最期まで看取りました。家族関係はすごくよかったと思う。貧しいけれども身を寄せ合って生きているという感じで。しかし、母は子どもを抜けださせようとしていた。その両方の価値観が家の中でせめぎあっているような状態でしたね。

辻　：きっとある意味、その頃の日本全体がそういう感じだったのかもしれませんね。「ＡＬＷＡＹＳ三丁目の夕日」（西岸良平原作のマンガで映画化された）のように、そこに生きている楽しさと、一方ではそこを一刻も早く抜けだそうとする気持ちと……。

田中：まさに高度成長という意味を、そのまま体現しているようなものですよね。さて、次に出てくるのは中学校をどこに行かせようかという問題でしょう。兄も私も、私立のカトリックの学校に行っているんですよ。長屋に住んでいるのに。最終的に、兄が大学受験をしなきゃいけない時期になって、家を建てかえる話がでました。なぜかというと、勉強部屋が必要だから。

辻　：ああ、個室か！　個室の登場は歴史的に重要な出来事ですね。

田中：そう、勉強のために個室をつくらなければならない、と考える時代の登場です。平屋だったので、二階建ての家を建て、二階に兄と私の部屋をつくったんです。そのとき、家の前にいちじくの立派な木があったんですが、それを伐ってしまいました。その記憶が私にとっては鮮明なんです。そのとき、私は中学生でした。

辻　：じゃあ、一九六〇年代の半ばくらいですか？

田中：東京オリンピックが終わったころですね。母には、とにかく兄を東大に入れるという目標がありましたから。そのとき、私は直感的に分かったことがあります。いちじくの木を伐って、そこに自分の部屋ができた。いちじくと勉強部屋を交換したんだ、と感じたんです。私はそのいちじくの木がとても好きだったんです。だから、この交換は変だ。私にとっては自分の勉強部屋より、いちじくのほうが大事だったのにと思った。これが高度経済成長というものなんだと、そういう言葉にはならなかったけれども、実感したんです。

辻　：すごい直感ですね。そのいちじくの木はけっこう大きな木だったんですか？

田中：子どもだったからそう感じたのかもしれませんけど、毎年たくさんのいちじくの実がなって、それを食べるだけでなく、祖母がジャムにしていたんです。だから私にとっては、祖母とか家族とか、すべての記憶がそこに結びついているんです。生まれたときからそのいちじくの木があった。子どものころから、そこによじ登って、上で過ごす時間が長かった。いちじくの木のかわりに部屋ができて、なんか自分がみじめだと思ったんです。

辻：みじめ、ですか？

田中：ええ、あの当時、子ども部屋をつくると、リノリュームとかいう床材を敷きました。ベッドを入れるために。

辻：ああ、畳をなくして、洋式にしていくんですよね。でも木じゃなくて、大量生産の合成素材。

田中：でもそれが、ほら、新しい、とてもよい素材、というふうに当時は思われていた。でも、私にはそれが入ったとき、おかしいなって思っちゃった。

辻：すごい感受性だなあ。

田中：どうしてでしょうね。二階の部屋に住むようになると、周りに何にもないんですよ。まだあまりビルも建っていない時代で、窓からずっと向こうに一本の木が見える。それは公園の木なんですが、それが私の精神的な頼りになりました。きっと、いちじくの木のかわりのようなものだったんでしょうね。自分の「変だ」って思った崩壊感を、その木が支えてくれたんじゃないかと思うんです。

それと同時に、私の天体観測がはじまります。年中空を見て、それが星の観察になって、『天文と気象』っていう雑誌を読みはじめて、かなり本格的な天体観測をしました。そのときに「永遠とは何か?」と、考えはじめて、はまっちゃって、抜けられなくなっちゃって(笑)。

辻　：そこにきましたか。

田中：ええ、それから寝られなくって、いろんな本を読みましたね。SFも読むようになり、天体観測もしはじめると、どんどん成績が落ちる。「まずいじゃないか」と思うようになり、「あ、やめなきゃいけないんだ」と思う時期がついにきたりしましたね。

辻　：お兄さんはどうしたんですか?

田中：母の望み通りに東大へ入り、大学院に行って、三菱系の会社に入りました。

辻　：それもすごいな、お母さんの思い通りだ。

田中：本人はどう思っていたのか、そのうち聞こうと思っているんですけど(笑)。その後、働きながらイェール大学に留学して経営学修士をとって帰ってきて、後に外資系コンサルタント会社の社長になりました。だからいつも兄は先端を行っていましたね。私は、兄のようになれない、ということが劣等感でした。兄は、バイオリニストになるか、進学校に行って建築家になるか悩むくらい何でもできました。私はバイオリンもそこそこ、成績もそこそこで、本ばかり読んでいましたから。しかしどこかで、「それでよい」と思っていたかもしれません。「競争心がなさすぎる」とよく言われていました。確かに、競争心で行動したことがありません。「悔しい」という気持ちがよくわからないし、勝ち負けの場面で燃えない(笑)。なぜ競争しなければならないのか、いまだにわかりません。

辻　：お母さんには、女の子だから一流でなくてもいい、というような受け止め方はなかったんですか?

田中：ありましたね。けれど、学校に関しては、母は自分が勉強したかったけどできなかったという気持ちがあるので、女の子でもいい学校へ行ってほしいと思っていました。

大学闘争

田中：私が高校生になり、大学では闘争がはじまりました。東大闘争は医学部で火がついて、すぐに兄のいた工学部都市工学科でも闘争がはじまるんですよ。兄はその中に入っちゃう。私はその影響も大きく受けました。兄はいろんな本を持ち帰り、『朝日ジャーナル』、『現代の眼』、『世界』……、思想関係の雑誌や本が兄の書棚に並び始めた。運動について、思想について、マルクス主義について。
テレビからも、新宿騒乱事件から安田講堂事件まで放映されていました。あの当時、日本だけではなく、パリの五月革命、ドイツでも、アメリカでもそうでしたよね。カトリックの学校でしたから、活動はできなかったけれど、文章を書いたり、文化祭で「『共産党宣言』を分析する」というコーナーを作って、シスターに「あなた、これ偏《かたよ》ってますわよ」と言われたりね。

辻　：それはすごい（笑）。

田中：なんだか自分の使命のように思っていました。実際、大学に入ってまず飛びこんだのが学生運動。七〇年安保の年ですから。デモにいくと兄に会ったりしました。

辻　：じゃあ、お兄さんは政治活動もされていたんですね。

田中：ええ、でも当時の東大の都市工学科って、みんなそうだったみたいです。七〇年というのは、学生運動の雰囲気がかなり退廃してきている時期でしたね。大学の中では、内ゲバ殺人も起こりました。全共闘（全学共闘会議）運動というのは、単に政治的な動きではないです。とくにベトナム反戦闘争には、私も同調しました。高校生のころから、横浜ではベトナム戦争に使うための戦車がトラックに乗せられて目の前を通っていった。まだその当時は、アメリカ兵が沖縄だけでなく、厚木とか本土にも相当いて、相模鉄道に乗ると目にしました。だからベトナム戦争って、ぜんぜん違う世界のことではなくて、そこで戦う人たちが目の前にいるという感覚を持っていました。その当時から、自分のことをふり返りはじめていましたね。一九五二年に生まれたということは、朝鮮特需で利益を得た社会で育ち、高度経済成長期に家を建てかえたわけです。石牟礼道子さんが一九六九年に出した『苦海浄土』を七〇年に読んで、こういう時代に自分が生きてきたんだという意識を強く持つようになったんです。自分がここに生きているのはその結果だという、因果関係を思うようになったんです。当時、「自己否定」という言葉がよく使われていました。

辻：ああ、そうでしたね。

田中：学生運動で、東大生を中心に言っていました。東大生の場合は、卒業して、官僚になったり、大企業に入っていくと、結局は同じ価値観の社会をつくっていってしまうのだという意味での自己否定なんですね。その自己否定という言葉が、高校生のころから私の中にしみついて。

辻：早熟な高校生だなあ。

田中：日大闘争でも同じことなんだけれども、日大とか法政あたりだと、トップクラスの官僚にはならなくても、労働者としてそういう社会を支えていく一部に、歯車になるということで使っていました。私にとって大学というのは、偏差値の順位で見えたんじゃなくて、どのクラスの大学であろうと、この仕組みを再生産していく、そういう人間になっちゃうという意味では同じなんだと思えました。

辻：このころにはもう引っ越されていたんですか？

田中：まだ横浜の下町にいました。でも、周囲もだんだん二階建てになっていきましたね。

辻：電化製品も毎年新しいものができて、テレビもカラーになったりとかしましたね。経済成長期の、まさにぼくらは落とし子ですよね。それとともに育ってきた。高揚感を感じるとともに、他方ではいろんな矛盾も見えてくる。その二面はどう関係していたんだろう？

田中：さっきのいちじくの木に象徴されるようなものとして、「失っている」という感覚はありました。たとえば、近隣の方たちと家族の関係が悪くなっていくとかね。たぶん、土地をどうやって使うとか、二階建てが増えてくると、ここからここまでよ、とか地面をどこで区切るか、という話でもめることがでてきたんでしょうね。もともとそんな意識はなかったのに。

辻：長屋の共同体的な感覚はいつまであったんでしょう？

田中：両親とその周辺の人たちの関係をみてみると、日々薄くなっていった感じはします。自分の権利をどこまで主張するかという意識が生じてくる。

辻：なるほど。世の中が、豊かになり、進歩していく。上向きに、このままずっと進歩していくといった感覚はありませんでしたか？

田中：それはなかったような気がする。たとえば、高校生のときにアメリカの月面着陸がありまして、一九六八年ですね。それが進歩だっていうのはわかるけど、自分たちと関係あるというふうには思えない。ところが、ベトナム戦争をしているアメリカは、日本を利用しているというのが見える。アメリカは確かに進歩しているけれど、日本は利用されているだけなので、同じように豊かになるとは、考えたことがありませんでしたね。たとえば、映画やテレビで見るアメリカの生活とは、永遠に無縁だろうと思っていましたし、同じようになりたいともとくに思いませんでした。結局、日本はアメリカの「いわゆる進歩」に追随していたのですが。しかし、アメリカはおもしろいとは思っていました。ヒッピー、ロック、フォーク、そういうカウンターカルチャーが育つのはすごい。ボブ・ディランは聞いていたし、アメリカン・フォークを歌っていました。大学生のころは、映画『コール・ガール』のジェーン・フォンダのヘアスタイルをしていました。

同じ時代に生まれて

辻　：優子さんの生い立ちの話を聞いていると、「うん、そうそう！」と、いろいろなところでうなずきたくなって、ああ、同じ時代に生きていたんだなって実感させられます。

では、次にぼくの話をしましょう。ぼくが生まれたのは新宿で、その後、今の板橋区に移りました。

幼いころは、近くに畑がいくらでもあったし、ちょっと歩くと見渡すかぎり田んぼだったりする。そういうところで遊んでいたので、あんまり田舎暮らしと変わらないかもしれない。ぼくがまだ幼かったころのわが家は、裕福でした。近くには共同井戸を囲んで暮らしている長屋もあるのに、家には独立した井戸があったし、水道もある。学校も電車に乗って通ったんですよ、国立の学校に。優子さんと同じです。ぼくは順応性が高いというのか、いわゆる「いい子」で、先生にもかわいがられていたし、順調にいきすぎているぐらいの感じでしたね。一九六四年の東京オリンピックのときには、近所で最初にわが家にカラーテレビが入ったから、近所の人たちが見にきた。開会式の最終聖火ランナーっていうのが、「坂井義則」という広島の出身の人で、たしか原爆投下の日に生まれたという。「がれきの中で生まれたくましく育った一九歳の若者が、今、この日本晴れの空の下、赤いアンツーカの上をカモシカのような足で颯爽《さっそう》と走っている」といったアナウンスに、みんな泣くんですよ。これってできすぎてるでしょう？　その坂井くんが階段をパーッと駆けあがっていって、聖火台に点火すると、白い鳩がいっせいに飛びたつ。そしてそこに天皇陛下がいて、手を振っている。いやあ、これにはぼくも完全にやられましたね。これが愛国主義者としてのぼくのピークでした(笑)。

今、思い出したけど、友だちとね、千駄ヶ谷の選手村とか国立競技場とかにノート持っていって、誰彼かまわず外国の人みるとサインをもらったりした。世界のみんなが友だち！　みたいな感じで(笑)。平和とか、友好とか、「参加することに意義がある」というオリンピックの理想とか、みんな丸呑みして、信じることができたんですね。けれど、そのころ父の会社が倒産して、わが家の経済はまっ逆さまという感じで落ちていきました。オリンピックは終わったけれど、工事や建築ラッシュは終わらない。次には万博のためだとか言って。「ああ、そうか。これはいつまでも終わらないんだな」、「そして終わるつもりもないんだな」ということがだんだんわかるようになった。

ぼくは小さい頃から映画が好きで、母と邦画をよく見にいったんですが、ティーンエイジャーになると洋画も見るようになり、「八〇日間世界一周」とか、「ウェストサイド・ストーリー」、「サウンド・オブ・ミュージック」とか……。異国の美しい風景や人々の暮らしぶりを見て、すてきだなあ、と。なんか自分の住んでいる東京という街が薄っぺらで、みすぼらしく感じられて……。それは欧米志向でもあったんでしょうが、とにかく、日本の大人たちのようにはなりたくないなってだんだん思うようになった。そしてそれが日本という社会への反発にもつながっていったんだと思います。

田中：お父さんはどういう方だったんですか?

辻　：変わった人でしたね。倒産するまでは、各地に支社をもっているようなけっこう大きな出版社の社長ですから、その点では企業家で資本主義的なんだけど、同時に少なくとも頭の中では共産主義者でもあったようで、とくに長く毛沢東《もうたくとう》を敬愛していましたね。ぼくには、かなりまじめに革命家になってほしいと思っていたみたいで、「東大に行け。そこには、将来お前が闘うことになる相手がいるから」なんて。中学生のときだったかな、ぼくは父からの影響下でベトナム戦争について作文を書いたんですが、結論が「ベトコンは必ず勝利する」って。

田中：筋金入りの共産主義少年!(笑)

辻　：というか、まさに混沌の極みですよね。中国の労働英雄の『レイホウの日記』を父に読まされて、でもそれに素直に感激しちゃうぼくがいて。そんなこともあって、高校でもあっさり学生運動にいっちゃったんでしょうね。父は事業に失敗してからも、なんとか復活させようといろいろ試みるんだけど、なかなかうまくいかない。そのうちに家庭でも父の孤立が深まって、酒に酔っては暴れたりもしたんです。いつだったか、父が旅先から帰ってきたのに、ぼくたちがテレビの前から立たなかったというので怒って、テレビを叩いてブチ壊したり、またあるときは、酒に酔って「おまえたちに個室を与えたのが最大の失敗だった」と嘆いたり……。右にせよ左にせよ、ずっと近代主義者だった父が、その近代を次第に呪うようになっていったんです。

　ぼくのほうも、中学までは上昇志向を絵に描いたような国立のエリート校にいたんだけど、直観的に、こんなところにずっといたらだめになっちゃう、と思った。それで都立高校にいって、ラグビーばっかりやってました。ほとんど毎日遅刻、毎日早退みたいな状態で、成績も悪くなった。大学で学生運動が盛んなときですから、高校にもセクトの連中がいて、体育会の運動部の部室のある建物に来ては、ぼくらのような体格のいいのをリクルートするんですよ。「○○高校のやつらが襲ってくるからみんな来てくれ」みたいな感じで。するとぼくたちも、何も知らずに「おお、行こう！」とかいって、柔道部とかバレー部の連中といっしょに駆けつける。それがぼくの学生運動のはじまりなんです。

田中：それ、内ゲバじゃないですか？（笑）

辻　：そういうことだったとずっと後になってわかるんです。最初は内ゲバとデモの区別がつかない。

最初にデモに行ったら、どこかの高校のリーダー格が、止めようとする教員の胸ぐらつかんでどなりつけていた。それを見て、「うわあ、こんなことがあり得るんだ！」って興奮して、さっそく次の日から言葉づかいが変わっちゃった（笑）。いまだに本当にすまないと思うんだけど、すごく仲よくしてくれた先生につっかかったり、そこら中にバリケードをつくったり、暴力ふるったり。

単純な正義感のようなものがあったというだけで、ぼくは政治のことも、学生運動のことも、ほとんどわかっていなかったんです。しかも、運動は明らかに退潮期に入っていた。でも、一度暴れだすと、それがある種の快感となった。そして、やるからには中途半端は格好悪い、徹底してやるぞ！みたいな気分になってゆく。どっちかっていうとぼくは体育会系でしたからね。「ちゃんと機動隊にぶつからなきゃ！」とか。退学になったり、捕まったりして、やっと一人前、みたいな。

でも同時に、ぼくの中の革命なんてとっくに色褪《あ》せてしまっていて、ずっと空しさみたいなものを感じてもいたんです。大江健三郎の『遅れてきた青年』という作品がありますが、そのタイトルがまさに自分にピッタリだと思っていました。学生運動の中にのめりこんでいき、独特の陰鬱《いんうつ》さや退廃の中を駆けぬけることになりました。今になって思うと運動の文化的な貧困もいやというほど見せつけられた。一方で、自分自身がいかに空疎《くうそ》か、ということも実感していた。でもそれを社会のせいにしちゃったんですね。ますます高度経済成長して、金がすべての世の中へと向かっている日本が、なんとも不格好で醜く思えた。そして次第に、「ぼくは違う世界にいくぞ」と、日本脱出を計画するようになりました。その頃は、そんなにすぐに外国へ行かれませんから、放浪して働きながらお金を貯めて、チャンスが来るのを待った。そしてやっと海外へ出たときには、二〇代半ばになっていました。

海外へ、チョムスキーとの出会い

田中：どこへ行かれたんですか？

辻　：アメリカです。理由は、アメリカが行きやすかったのと、そのころアメリカの黒人文化に影響を受けていたことも大きかった。黒人音楽をよく聞いていて、ブラックパワーとかマルコムXとかに憧れていた。ジャズやリズム&ブルースの音楽家にも、政治的な発言をしたり、メッセージを発したりする人が多くて、そんな雰囲気がすてきだなと思っていました。とにかく黒人がいっぱいいるところに行こうと(笑)。アメリカへの入り方は、今考えると悪くなかったと思う。

最初は二、三年のつもりで行ったけど、しばらくして英語に慣れてくると、俄然《がぜん》、勉強したくなってきた。日本では高校もさぼってばかりだし、大学も行ってないのに、なぜか、大学に行きたいと思ったんです。そのころ、アメリカへの日本留学生には、企業から派遣された人も多く、専門も経済だとか工学だとか、ぼくから見ると体制側。ぼくは別になんでもよかったんだけど、英語のネイティブの人たちといっしょにやっていくには何がいいのかなと、自分なりに考えて哲学を選んだ。哲学だったら歴史や文学より語彙《ごい》が少ないからなんとかなるかなと(笑)。哲学には失礼な話なんだけど。

田中：さっき言われた闘争の中での「文化の貧しさ」ね。それは私も感じていました。まずまっ先に人を区別するんですよ。まあ、内ゲバってそういうもんですよね。これは○○派だとか、××派だとか、右だとか左だとか、何でも区別する。私はそこに貧しさを感じましたね。法政大学へ入って、小田切秀雄（近代文学研究者、文芸評論家。一九一六～二〇〇〇年）に師事したけれど、結局近代文学がいやになったというのはそのことなんですね。あるイデオロギーを文学の世界にあてはめて、それでこの人は評価できる、これは政治的にこうだからだと、文学をそうやって評価していくことはおかしいと思ったんです。イデオロギーは思想とは違う。イデオロギーはある塊で、思想というのはいろんな現実に直面しながらいろんなことを考えていかなきゃならないものだから。

今、思いだしたのですが、それをどうやって乗り越えるかといったときに、チョムスキーを読んでいたんです。チョムスキーって当時は文法学者でした。

辻　：へえ！　それ学部のとき？

田中：ええ。大学一年生のときに生成文法を読みました。わけわかんなかったんですけど。専門的な文法書ですから。構造主義全般を読んでいたのです。チョムスキー、ソシュール、レヴィ＝ストロース、ヤコブソン、関連のロシア・フォルマリズム、そして最終的にロラン・バルトやジュリア・クリステヴァまでいくんですね。なぜその経路をたどったかというと、「ここにはイデオロギーだとか何だとかいわない世界があるぞ」と思った。いつも言葉の基本に戻る、という世界らしい。自分ももしかしたらそれができるかもしれないと思ったんです。実際にその直感は当たっていて、私はそのあと、論文を書くときでも、文学の分析をするときでも、とにかく言葉の基本に戻るというところからやれるようになっていきました。古典の読み方もそういうふうになりましたし。ですから、私にとって、構造主義を勉強したのはすごくいい経験だった。考えてみると、一方で学生運動をしながら、それを壊すようなことをやっていたわけです。その後のことを考えるといつもそんなふうだなと思います。

辻：というのは？

田中：いつも私は、ひとつのことをやりながら、それを否定するようなことを同時にやっているんです。いつも何かひとつのことに突っ走るのではなくて、相対化する。

辻：相対化！　なるほど。でも、自分がその矛盾に苦しむことはないの？

田中：そんなことはぜんぜんなくって、おもしろいと思ってやっているんですよ。私にとっての学問って、そういうことなんです。近代文学を相対化して、そこに江戸文学が入ってきて、江戸文学と近代文学の関係がようやくわかってくるんです。なんで江戸文学って虐げられてきたのか、なぜ研究者が少ないのかという理由がわかりました。つまり、文学の世界であろうと文化の世界であろうと、その時代の価値観に左右されてしまうんです。取り上げるとか、取り上げないとか、市場に出ていくとか、出ていかないとかっていうこともその時代の価値観だとわかってくる。後にチョムスキーの政治的な言述を読んだときにも抵抗がなく、すごくおもしろかったです。

辻：優子さんが江戸文学にかかわりはじめたのはいつごろ、どんなきっかけで？

田中：大学三年ぐらいのときです。小田切ゼミで石川淳という作家にかかわっていたら、江戸文化がストンと入ってきました。

辻　：石川淳って、『焼跡《やけあと》のイエス』の作家ですね。

田中：ええ。私の中では、一方でイデオロギー的なものがあって、それを相対化するものとしての構造主義があるんだけれども、その間を具体的に橋渡しして、頭ではなく心や身体で納得できるものが、まだなかったんでしょうね。だから言葉やイメージに血肉を与えるものとして、江戸文学が入ってきたのだと思います。それで大学院にいくときに江戸を選んだんです。歴史ではなく文学を、ですが。いつも言葉の基本に戻ればまちがいがないという考え方があったから、イデオロギーに突っ走らないですんだのでしょうね。

辻　：そうか。チョムスキーもぼくたちの接点のひとつですね。ぼくにもチョムスキーとの縁がありますから。ぼくは、最初の二年はワシントンＤＣにある大学に行ったんですけど、ワシントンというのは驚くべき格差社会で、一方には世界最大の権力があるでしょう。そのそばにあるジョージタウンという白人の街は、フランス語の名前をつけたレストランとかカフェの並ぶスノビズムの塊みたいなところ。一方、ホワイトハウスから歩いていけるようなところに、黒人のスラムがあって、ドラッグがはびこり、娼婦たちがたむろしている歓楽街があったりする。その頃、ワシントンＤＣというアメリカの首都の人口のほとんどが黒人だったんです。

ぼくは引越屋を仕事にして、生活費や学費を稼いでいました。たまに、郊外に住む日本人の家へ仕事でいくと、「引越屋さん、どこに住んでるの?」と聞かれて、「キャピトルヒル」と答えると、「え、そこって黒人いませんん?」とか言うわけ。いませんかって、みんな黒人ですよ(笑)。

田中：その人たちは会ったこともないんですか？　黒人に。

辻　：ぼくが勤めていた運送会社のお客さんは、外交官とか、大会社のエリート駐在員とかで、黒人とは接しないんですね。近接しているメリーランド州とかバージニア州とか白人高級住宅街に住み、そこからハイウェイでまっすぐ職場に通う。そのころの駐在員の奥さんたちはほとんど英語も運転もできないから、任期の三年間とか家にこもったきりの人が多かった。精神的にはかなりきつかったと思います。それは雰囲気でわかります。そういう家のメイドさんの中には、「引越屋さん、この家、化け物屋敷よ。みんな頭がいかれてる」なんて打ち明ける人もいた(笑)。笑い事じゃないけど。

田中：たしかに。

辻　：それで、なんか嫌いだったんですよ、あの町。もちろん、おもしろいこともいろいろあったけど。そのころはフェミニズムが元気で、フェミニストのデモというと、一〇万人規模でワーッと集まって、目抜き通りを道いっぱいに広がって堂々と行進する。カーター大統領の時代の最後のほうですから、まだ六〇年代からの変革期アメリカの息吹みたいなのがあったんでしょう。その直後にレーガン大統領の「反動」の時代がはじまる。だから、ちょうどその二つの時代の境目だったんですね。

田中：で、チョムスキーは？

辻　：そうそう、チョムスキーの話でしたね。DCを出て、他所へ行きたいと思って注目したのがカナダのケベック州だった。ぼくは、以前、フランス語をかじっていたこともあって、目をつけていたんです。北米大陸という英語の「海」の中のフランス語の「島」ですからね。独立運動があるって聞いていたし、なんかおもしろそうだなって。とはいえ、英語の大学にいきたかったので、結局モントリオールのマギールという大学に転学したんです。その大学の哲学科にチョムスキーの学友だったというブラッケンという哲学者がいて、その名もズバリ「チョムスキー」という名の講座を開いていた。

田中：え？　何を教えているんですか？

辻　：チョムスキーそのものです。

田中：文法学を教えているんですか？

辻　：というより、哲学としてのチョムスキー。ぼくが印象に残っているのは、チョムスキーによる行動主義心理学批判ですね。ここにチョムスキーのその後の政治活動の哲学的背景があるというのが、たしかブラッケン先生の論点だったと思います。とくに、「ブラックボックス」理論を唱えたB・F・スキナーへの、チョムスキーの激しい批判は、ぼくから見ても切れ味がよかった。今にして思えば、ぼくの中のアメリカ観にあの授業が影響を与えたような気がします。

そう言えば、ちょうどそのころ、鶴見俊輔さんが客員でマギールにきていたんです。カナダ人の友人からそのことを聞いて、「へーえ、べ平連（ベトナムに平和を！市民連合）のおっさんが……」と思って、ちょっと冷やかしでのぞいてみようかな、と。ちょうど「転向論」を論じているところでした。鶴見さんは後にこのときの一連の講義を『戦時期日本の精神史』（岩波書店）という本にまとめるんですが、その中に、ぼくもちょこっとでてくるんですよ。「変なやつが授業にきた」ってね（笑）。

田中：英語で転向論を聞いてるのはどんな人なんですか？

辻　：アジア学を専攻しているカナダ人、中国系カナダ人、そしてモントリオール在住の日本人ですね。ひやかしにいった最初の授業があまりにおもしろくてぼくはビックリした。鶴見さんは英語で書いてきたノートを読んでいくんだけれど、非常にすんなり入ってきました。それがとてもいい英語だとぼくには思えた。彼は転向を「redirection（方向修正）」という言葉に置き換えた。それがぼくには目からうろことという感じで。それまでの転向のイメージは、「conversion（改宗）」で、それだと非常に重たくて……。

田中：政治的な転向は、宗教的な転向と、それまで重なっていたのですね。自分の人生をまるごと否定するような意味が感じられる言葉だった。

辻　：そもそもぼくは、学生運動にもあいまいなまま入っていったので、運動を抜けた後も自分が転向者だと悩んでいたわけじゃない。でも、やっぱりどこか、ふり返ること自体を避けていたのは事実なんです。でも、鶴見さんが「redirection」と言ったとたんに、スーッと風通しがよくなった。ぼくもどこかで非転向を神格化していたのかもしれないな、と。思想というものを、がっちりとした硬いものとして考えるのではなくて、むしろ流動的で、身体的で、日常生活の中でしなやかに形を変えていくものとイメージする。そういう、今から思えば、ホリスティックな思想の捉え方みたいなものに、触れさせてもらった気がするんです。鶴見さんはオフィスアワーといって、週に一回、古い建物の中にある研究室で、学生との面談に時間をあててくれていた。で、時間を学生に開放する。ぼくはそのオフィスアワーのたびに、ギシギシと廊下を鳴らしていくんですけど、他には誰もいない。だからこれはぼくが鶴見俊輔を独占できる時間なんです。そうして彼の話を聴いているうちに、急激に勉強がおもしろくなってしまった。講座チョムスキーをとっていたのも、ちょうどその時期だったんです。思えば、鶴見さんとチョムスキーって、共通するところありますよね。

鶴見さんが戦後仲間たちとやっていた転向についての共同研究があるじゃないですか。後に増補版を加えて全四巻の本になっている。それをくれたんです、勉強しなさいって。それで、彼の授業のいちばん最後にレポートを書く時、第四巻の増補の中にあるディスカッションに連なるようなことを書きたいと思った。英語で書かれたこのレポートを鶴見さんが褒《ほ》めてくれて、日本に帰ってから、彼が主宰者のひとりである雑誌『思想の科学』に載せてくれるという。さっそく、自分で日本語に書き直しました。そのとき、鶴見さんが「ペンネームで出しておくね」と言って、つけてくれた名前が「辻信一」という名前なんです。

そのレポートでは、ぼくが「転向論」を使うとしたら、どんなふうに使えるだろう、という問題意識に基づいて、いろいろな人を例に出して議論を展開した。最初に出てくるのが、ぼくがアメリカ史を読んでファンになっていたロジャー・ウィリアムズ。この人はアメリカの建国の父の一人で、ロード・アイランド州を作った人です。ヨーロッパから将来を嘱望された牧師として、新大陸にやってくる。ところがやって来たら近隣のインディアンのところにばかり通って、しまいにおそらく最初の北米先住民の言語の辞書である、ナラガンセット語の辞書をつくってしまう。体制の中心を担うはずの牧師だったのに、しまいには「インディアンこそが、本来のキリスト教者の生き方をしているのではないか」と考えるところまで方向転換、つまり転向していく。それで、主流派から糾弾され、追われる身となるわけです。そういう思想の転換をどう考えたらいいのかということを問いました。それからもうひとつ、身体性ということ。思想だとかイデオロギーというのは、身体と切り離されて考えられがちだけれど、セクシュアリティとか、食べ物だとか、生態系だとか、そういうものと切り離して考えられないいんじゃないか、というような問題意識です。結局、このレポートは、「失われた原点から――あらためて『転向』を考える」というタイトルになって、他のいくつかの文章といっしょに、『ヒア・アンド・ゼア』(思想の科学社)というぼくの最初の本に収められることになる。

インディアンの話が出ましたが、ぼく自身もモントリオールという場所で、インディアンと出会うことになります。その後、ぼくはカナダにけっこう長く住むことになるんですけど、その間中、関心の中心は先住民族で、エコロジーと文化の関わりといったテーマが自分の中に大きな位置を占めるようになっていきました。そう言えば、モントリオールにいたころの鶴見さんとも、先住民族が提唱した「第四世界」という考え方について話し合ったのを覚えています。

田中：ヘレナさん(11・50・91・98・103・107・109頁)もそうだけど、日本人であろうと西洋人であろうと、それまで持っていた文化の体系と違うものと出会うと、自分のそれまでの思想が非常に大きく揺らぐ。私にとってはそれが、江戸文化でした。江戸時代の人間とは会えないけれど、そばにいるように思えた。それはたぶん私が、学者の著書から入っていかずに、小説家と出会ったからだと思うんです。石川淳の評論文を通して、非常に生き生きと江戸の人たちが見えた。『焼跡のイエス』を学部ゼミの指導教授だった小田切秀雄は反戦小説だと位置付けたんですが、私にはそういうふうには読めなかったんです。あれは江戸文化の方法である「見立て・やつし」小説なのです。もうひとつ『普賢《ふげん》』という作品があるんです。石川淳が芥川賞をとった小説です。これがすごかった。まさに江戸文化。現代小説なんだけれど、江戸時代の人の頭の中の構造がそのままあらわれているような小説だったんです。ある翻訳家がいて、この人がクリスティーヌ・ド・ピザンという、フランスの初期の物語作家の翻訳をする、という時代設定なんだけれども、一人の人間が、じつはたくさんの歴史を抱えこんでいて、いろんな人格をひとつの人間の中に歴史とともに抱えこんでいる、ということが書いてあります。それと評論とをあわせて読んで、江戸時代人が私には見えた。その直観がいまだに変わってない。

田中：「江戸時代人ってこういう人」というのを、もう少し教えてください。

辻　：一人の人間、たとえば、今、私の目の前に辻さんがいますね。辻さんであることは確かだけれど、それだけじゃないかもしれない。もしかしたら、この人は、過去の時代にいた安藤昌益かもしれなくて、もしかしたら普賢菩薩《ふげんぼさつ》かもしれなくて、もしかしたら大日如来かもしれなくて、というふうに何重にも見えてくる。存在ってそういうものだという、その感覚です。江戸時代の人は、そうやって人をみているんですね。それと同時に、自分もそうだと思っている。自分自身が名前を変えながらいろんなところに出現して、いろいろな人と関わりを持っていく。自分の中にある多層性というものを認めているんです。そういう人たちの暮らす社会が江戸なんです。

辻　：だから転向なんていう言葉ははなから成り立たないと(笑)。

田中：そう、自分が何人もいるから。病としての多重人格が存在しなかった、とも言われています。複数の人格を許さない文化にしか多重人格症は出ないわけです。他の人格がすることを忘れるから病なのですが、忘れないので、普通の人です(笑)。

辻　：ああ、いいですねえ、それは。

田中：それって、私にとっては驚くべき人間観で、これはおもしろい、と思えたんですね。そしてそこから「連《れん》」という研究がはじまりました。だから頭の中では文学を超えてしまって、人間論として、文化論として見えてきていた。異民族との出会いみたいな、そういう感覚です。

辻　：そうか、そうか。異民族、異文化だったんですね。

田中：そういう意味では、江戸時代の人たちと出会っちゃったっていうことなんだと思うんです。そのうちに、人間観だけではなく、循環の考え方であるとかいくつものテーマがでてきました。循環というのも同じことでね。自分が自分であるだけでは循環しませんから。世界の構図の中にいて、非常に大きな循環の中の一つでしかないのが、自分なんです。自己、個人についての考え方は江戸時代の人たちにとってはそういうもの。だから、自分が何かしたときに、それが循環して、他の人に影響を与えながら、最終的にまた自分に戻ってくる。そういう考え方ができるわけなんです。なぜ循環的なのかということも、最初に得た直観からつながりました。

自分は何者か

辻：その後のことですが、ぼくは哲学はあまり自分に向いてないなと思ったんです。鶴見さんに出会ってもっともっと学びたい、とは思ったんだけど、その学びが、本の中よりは外にある。だからそっちへ出ていくんだ、みたいな勇気を鶴見さんからもらっちゃった感じですね。鶴見さんは哲学者として知られているけど、一貫して社会運動なんかにコミットしてきたし、言うこととやること、生活と思想とが切り離されていないんです。学問と社会活動が地続きだし、学問するときにも運動するときにも生活という視点がある。今の言葉で言えば、非常にホリスティックなんです。

というわけで、大学院にいって学問を続けるにしても、もっと外に出ていける学問がないかなと思い、あてずっぽうで、人類学はどうだろう、と。結局、三〇歳近くなって大学を卒業、コーネル大学の文化人類学に進みました。そこは、たまたま、貧乏なぼくにとってはすごくいい条件で迎えてくれた。じつは、財政的な理由も大きかったというのは正直なところですが(笑)。

そして、やがて少数民族とか先住民族の調査をやるようになった。実際に行くといろんな問題をかかえていて、みんな苦労してそれらの問題と格闘しているのがわかった。とくにインディアンの場合には、先祖代々暮らしてきた場所が破壊されたり、環境汚染されたり、土地を奪われたり。気がついてみるといつも調査研究はほったらかして、いっしょに運動している自分がいる。すぐ「こりゃ、研究どころじゃないな」という感じになっちゃう。それがくり返されていくうちに、やっぱりぼくは学者に向いてないな、と思うようになる。そう考えていた時期がけっこう長くありましたよ。

それでも明治学院大学に職を得て、十数年ぶりに日本に帰り、もう二〇年になります。そのころ自分が出たマギール大学の研究員としてモントリオールに住んでいたんですが、新設間もない国際学部で公募があったので、応募して、とっていただいたんです。

田中：二〇年も前に大学が教員を公募していたって、すごいですね。

辻：そうでしょう？　ぼくも最初は半信半疑だったんですが。ぼくは日本人と結婚して、最初の子どもがカナダで生まれたんですが、子どもをもってみてはじめて日本に帰ることを考えたんです。大人同士だったらどこでも生きていけるけれど、この子は何語で育つのかとか、誰とともに育つのかと考えました。つまりコミュニティの問題にぶつかったんです。ヘレナ・ノーバーグ＝ホッジがよく言うことなんですが、ラダックで子どもが生まれると、一人につき少なくとも一〇人の大人たちが、自分が育てる気で待ちかまえていると。それがラダック人の幸せの鍵じゃないかというわけです。ぼくにも子どもはコミュニティの中で育つものだという感覚があって、それだったらやはり日本かな、と。そのことと就職とがうまく結びついて帰ってきたんです。それに大学の教員って恵まれていますよね。

田中：いえ。私は忙しすぎて、あんまり思わない(笑)。

辻：そう？　さっきも言ったように、ぼくは自分が学者に向いていないとか、教えるということにも向いていないと感じていた時期もあるんですが、ここ一〇年余りはどんどんおもしろいと感じるようになって。でも、いまだに自分のアイデンティティとしては学者というよりは、まず活動家ですが。肩書きも、大学教授より、ナマケモノ倶楽部（一九九九年に生まれたNGO。ナマケモノになろう！が合言葉。地球にやさしい生き方を実践し、広める活動をしている）の世話人が最初に出てくる。

優子さんはお話をうかがっていると、あらためて学者として立派だなあと思うんですが、一方で、『週刊金曜日』の編集委員をやられたり、テレビでコメンテイターをされたり、社会的な活動もさかんにされていますね。

田中：私は、自分のことは物書きだと思っているんですね。やっぱり、学者だとは思ってないんですよ。とくに文学を研究する文学者ってなりたくないもののひとつで（笑）。

辻：文学者というのは要するに作家とは別の文学者ですよね。

田中：ええ。作家が書いたものを研究する人たちのことです。研究しながら研究者どうし非難しあうみたいな世界ですから。私はそういうことではなく、自分たちが生きているその価値観や、それとは別の価値観をどうやって捉えるかということを、ちゃんと見つめていきたいと思う。それを見つめながら、それを表現していくことが、私は好きなんです。いつも、ものを書いていたい。社会的な発言というのは、私は意識してそういう立場に行こうと思ったことはありません。でも学生運動時代から、世界への関心はもち続けています。『江戸の想像力』（ちくま学芸文庫）という本を出した時、アジアの話からはじめたんです。

辻：あれは何年ですか？

田中：一九八六年です。ベトナムのことが頭の中にありました。アジアと江戸との関係がずっと気になりながらやってきて、それはどこかでいつもアジアと交差していく。中国にも興味があって、中国語もやりましたし、中国にも行きました。中国を研究しようと思ったこともあります。

辻：中国に行かれたのはいつごろですか？

田中：『江戸の想像力』の原稿を仕上げて、出版社に渡して、そのまま中国に行きました。一九八九年の天安門事件の三年前、胡耀邦《こようほう》の頃です。もう改革開放はしているけれど、私たちと同じ世代が文化大革命の経験者で、その人たちが非常に傷ついているという印象でした。下放《かほう》されてようやく帰ってきて、『黄色い大地』、『古井戸』というような映画をつくりはじめました。名画ですよね。そういう意味で、新しい中国ができはじめた頃だったけれど、未開放都市もまだいっぱいあって、自由に歩けない雰囲気でした。

辻：どこに行かれてたのですか？

田中：北京大学に行ったんですけれど、ほとんどリュックを背負ってほっつき歩いてました。東北地方、満州地域から昆明、雲南、大理とか。

辻：その頃の雲南はすばらしかったんでしょうね。

田中：ええ、まだ少数民族が堂々と生きていました。かなり過酷な旅をしているので、どういう状況に陥っても大丈夫という感じは今でももっています(笑)。そういう経験をしながら、やっぱり、ものを書いていくというのが私にとっては大事で、その延長線上で、必要になったときには言うべきことは言おう、というふうにやってきました。自然にそうなってきたんです。でも、学生運動時代のような、自分が運動家として活動していくという機会には恵まれなかったんですね。

辻：「転向」ということは、自分の問題としては考えなかった？

田中：学生運動をやっていた私はなんなんだ、みたいな？

辻：そうそう。

田中：ぜんぜん悩んでないです（笑）。それはそれで大事な経験だったし。

辻：さっきおっしゃっていた、「自分を相対化する」ということができていたんでしょうね。そういうしなやかさをすでに身につけていたということだろうなあ、たぶん。正直言うと、ぼくはやっぱり、あの頃のことをふり返ると、どこか気分悪いんですよ。あの「いやな感じ」っていったいなんなんだろう、って思う。そして、そのいやな感じを解明することは大事だろうなって。

田中：私もそれは思います。たとえば、社会運動の中になかなか入れなかったというのは、内ゲバを見てきたからなんですね。運動って結局、組織化し、組織どうしの争いになるでしょ、みたいな気持ちがこびりついちゃっているのかな。

辻：ぼくは日本に帰ってきてからデモに初めて行ったのは、二〇〇三年のイラク爆撃の前。それからはいくつかデモに参加して、今回の3・11の後は、何度も行くことになった。でも新宿だったかなあ、ぼくよりちょっと年上の連中がやってきて、「〇〇大全共闘は不滅だ」とか言いはじめたんです。この人たち、なんなんだろうって。こういうのがぼくにはわからないんです。細かいことかもしれないけど、たとえば「原発やめろ！」と言い方もぼくは好きじゃない。それだったら「原発いらない！」という意志表明のほうがしっくりくる。そういう違和感を感じることってないですか？

田中：ありますね。やっぱり、殺人事件がおこるくらいの対立が含まれていたわけだから、あれはすばらしかったという話し方はしちゃいけないんですよ。むしろ、なぜそうなったのか、考えるべきことです。先日、「脱原発女たちの会」がスタートして、キックオフ集会があったんですね。私は、最初に、原水協と原水禁の対立の話をしたんです。ビキニ沖の水爆実験をきっかけにして、杉並の女性たちのデモからはじまって原水協ができるんですが、それが瞬く間に分裂しちゃって。同じ目的をもっているのに、政治的なものが介入して分かれてしまった。ああいうことをするのだけはやめたい、と。どんな運動に関わるときにも、やっぱり、ああ、私はきっと記憶の中から、内ゲバが起こるような状況に陥っていくというそのことが抜けていないんだな、とそのとき思ったんです。今まで運動に近づかなかったひとつの理由はそれです。でも、今はそうは言っていられません。『週刊金曜日』の編集委員も、「脱原発女たちの会」も、もっといろんな運動を、辻さんたちともいっしょにやっていきたいと、私は本気で思っているんです。だから、過去を恐れずにやらなきゃなんない。でも警戒していますね。どこかに何か変な要素が入ってきて分裂する。それが利害関係なのか、政治的なものなのかはよくわからないけど、注意が必要、と。

辻：3・11の後に、唖然とさせられることが多かったですよね。民主主義といわれたものの中味はこれほどまでに空っぽになってたのか、と。それも、他人事ではなくて、自分自身がどうなんだと問われている。いろんな反体制的な運動の中で、果たして民主主義がどれだけ育ったかを思うと暗い気持ちにならざるを得ない。あるいは、家庭の中で、夫婦の間で、どんなふうに育ってきたのか、こなかったのか、と。そういうふうに考えていかないと、また同じことのくり返しになりかねないですよね。

田中：ジョン・ダワーという人は、『敗北を抱きしめて』（岩波書店）の中で、天皇制民主主義とか、官僚的民主主義とかいう言葉を使っていますね。その言葉って、民主主義なのにどこかに寄りかかっているという意味です。自分たちで考えない民主主義になってきている。それは確かだと思います。それが今の政治をつくりだしているんだと思います。たとえば、私だって運動に関わってきた六〇年代末から七〇年代にかけて、成田闘争には行ったのに、原子力発電のことは意識してなかったんですね。実際には同時に起こっているんです。そういうふうに見過ごしていることがたくさんあった。今もそうかもしれない。今も大事なことが、変なことが起こっているんだけれど、見過ごしているかもしれない。そう思うと、民主主義って、かなり意識的に、私たち個々人がいろんなことを見ていなくちゃいけない。

辻　：民主主義って、そういう大変なことなんだと思います。でもそれを引き受ける覚悟が必要だと思う。とくに、身近なところで、自分がよりフェアでピースフルな人間として成長していくことにもっと意識的になることが大事です。これまではそういうところを素通りしてしまうような運動のやり方だったんでしょうね。もうそれはポスト3・11時代には通用しないでしょう。

第三章　江戸時代から考えるスローライフ

「倹約」と「始末」

辻：3・11から後をポスト3・11時代と呼ぶとすれば、その前はプレ3・11時代ですね。『未来のための江戸学』に出会って、そして実際に優子さん本人にもお会いして、ああ、これこそ、ぼくたちが合言葉にしていた「懐かしい未来」の日本版だ、と感じてとてもうれしかった。優子さんといっしょに「エコロジカルな未来のための江戸学」といった本をつくろうというのは、プレ3・11の話だったんです。そして3・11がおこった。今度はポスト3・11という新しい時代の中に立って考えてみると、今必要なのは「ポスト3・11時代のための江戸学」にちがいない、とスンナリと確信できたんです。というわけで、プレ3・11時代からの本書の原形とも言える「懐かしい未来のための江戸学」へと、いよいよ踏みこんでいきたいと思います。

田中：ヘレナさんの『懐かしい未来　ラダックから学ぶ』(懐かしい未来の本)を読んだ時、「え、江戸時代とそっくりだ！」と思う場面に何度もであったんですね。その中のひとつに、「倹約《けんやく》」という言葉があります。元の言葉はわからないんですけど、物を惜しんだり、ケチということではなく、かぎられた資源を注意深く利用する、という意味だと書いてあるんです。私、それとまったく同じことを江戸時代についてしょっちゅう話しているんです。倹約という言葉は、「始末《しまつ》」という言葉や、「もったいない」という言葉でもあてますが、この一連の言葉に共通するのは、何かを使わないということでもないし、物惜しみするということでもなく、資源を有効に利用するということなんです。しかも、循環させるという意味がある。ヘレナさんも、「倹約っていうと、おばあさんが怖い顔をしてやっているような気がするけれど、そういう意味ではなくて」というようなことを書いていましたから、ヨーロッパでもそういうイメージがあるんでしょうね。日本では、戦時中の倹約のイメージが非常に強くて、倹約っていうと、いやな顔をする人がとても多いんですよ。

辻　：一方に貯めこむという強欲なイメージがあり、他方に、物が不足してみじめだという窮乏のイメージがあるのかな。

田中：でも、井原西鶴の『日本永代蔵』では、いわゆる経済小説といわれるような商人たちの世界について書いた小説ですら、倹約、そして「始末」という言葉がしょっちゅうでてくるんです。いかにものを、そのものの性質に沿って、できるだけ活かすようにするかということ。また、捨ててしまうようなものをできるだけ捨てないで使い尽くすかということ。これが商人の世界の基本的な倫理だというんです。商人、つまり今でいう企業のことですよね。

辻：「始末」という言葉について、もう少し話してもらえますか?

田中：最初と終わりをきちっとする、後始末をきちっとする、という意味で使っていたんだと思うんです。後始末をきちっとするというのは、資源の無駄遣いをしない、ということに通じていますね。

辻：すごい感覚だなあ。終わりをちゃんと見る、か。

田中：終わりまで見通してはじめをつくる、ということになりますね。循環させるためにはそうせざるをえないでしょう。たとえば、着物を縫うときに、手でやりますけれども、ある技術があります。それは具体的にどういうふうにすればそうなるかは、私にはわからないんですけど、糸を抜いたときに糸穴が残らないようにするんです。つまり、解体したときのことを考えて縫うんですね。これもおそらく、始末の考え方だと思います。使い終わって何かに変化させるとか、使い終わって捨てる、燃やして灰にするなど、そこまで末のことを考えて始める。これは倹約と同じ意味なんですね。しかも、それがものをつくる生産者だけではなくて、商人たちの倫理でもあった。西鶴の小説の中に、お米がどんどん集まってくる堂島の米市場がでてくるんです。米俵が積んであって、それを船に乗せたり船から出してきたりする。検査のための米刺しもしますので、米が落ちるんですね。それを集めて大金持ちになっちゃう。米俵の藁《わら》も落ちるから、それを集めて銭差しを作って売る。商人というのはものを無駄にしない、ということが徹底されていた。

このことは、これからの私たちの生きかたとして大事なことだと思うんです。「無駄にしない」「末のことを考えて始める」というのがね。原子力発電って始末という考え方からもっとも遠いんですね。

辻：全くその通りですね。

田中：そこがいちばん問題でしょう。最終的な決着のところで誰も責任を持たないっていうところからはじめている。それが非常に大きな無駄を生んで、同時に大変なことを引き起こした。

辻：始末って、そう考えるとすごい言葉ですね。あと、聞いてみたかったことがあるんです。「ごみ」って言葉は江戸にあったんですか？　「ごみ」という概念と言ってもいいですけど。

田中：江戸時代の文献であまり見たことがありませんね。ないかもしれません。そう、「塵《ちり》、芥《あくた》」という言い方ですね。塵、芥は、水の底に沈澱している泥などですから、やっぱり、今の私たちが言ってる「ごみ」というものはなかったのではないでしょうか。

辻：形を変えて、循環の輪の中に入っていくからごみにはならない。そういう意味では、今の時代というのは、ごみが本質的というか、どんどんごみをつくりだしていくことこそが本質的な性格ですね。そして、現代社会の大量生産、大量消費、大量廃棄の極みが原子力ですよね。そういう意味じゃ、ぼく、原子力というのは、最初からどうにもならないってことが分かりながら始めていったのだから、滅びへの大きな一歩を、ある意味、意識的に踏みだしたという感じがしています。

田中：非常にそれは象徴的ですよね。原子力の場合には、何が起こるか、だいたいわかっていたわけですから。それでも一歩を踏みだして、どんどんすすめてしまった。

循環と成長は対立する

辻　：優子さんが江戸時代の研究をすすめていった時代というのは、一方では高度経済成長から現在まで、基本的には経済成長主義の時代がずっと続いているわけですが、この社会との関係は、優子さんの中ではどんなふうになっていたんですか？

田中：対立的なものですね。江戸の循環社会ということ自体が、大量生産の高度経済成長とは反対の向きになっている。なぜかというと、循環社会って増えないんです。循環しているだけですから（笑）。

辻　：なるほど。

田中：今年よりも来年を増やそうとか、来年はもっと裕福になるとか、そういうことを考えてたら循環しようとは思えないでしょう。基本的に、増やさなくてもいいと思っているから循環なんです。来年も今年と同じぐらいの恵みがほしい、というわけです。だけど、現実には去年より少ないこともある。それは運命として受け止める。今年はちょっとひどかったから、来年はもうちょっとというふうには考えるかもしれませんが、それだけのことであって、毎年増えていくことは循環社会の発想の中ではありえません。高度経済成長の仕組みそのものと循環社会の仕組みは対立的だと、私は思います。

辻　：それはおもしろいですね。立っている地盤そのものが違う。

田中：では、循環社会の仕組みをつくれるのかというと、つくれるんですね。たとえば、私たちがいうところのあらゆるごみは肥料になる。でも、それは土があってのことです。土の中のさまざまな微生物が分解してくれる。それを栄養分にして、その恵みを私たちがいただくわけです。土がなくなってしまった社会の中で、循環がうまくいくのかということになると、私は無理なんじゃないかと思っているんです。「本当にこれ循環なの?」と思うようなことが多くありますでしょう。ペットボトルから衣類をつくるとか。それにはすごいエネルギーを使っています。本当の意味で循環させるには、土の力が必要なんです。自然と一体化した循環しかありえない。

辻　：そう、「インチキの循環」をよく見かけますね。３R（Reuse,Recycle,Reduce）とよく言いますが、江戸時代の始末という概念が、まさにそれ。しかし、現代の消費社会は、リユース（再利用する）やリデュース（減らす）には興味を示さず、モノをどんどんつくり続け、売り続ける。で、「リサイクル」というけど、じつは循環なんかしていない。現代最大のごみのひとつであるペットボトルを見ればすぐわかる。循環のふりをしているだけ。そこには未来はありません。

田中：私もそう思いますね。でも、自然の力でしかそういう社会がつくれないとすると、その社会の再興は可能なのか。

辻　：自然に寄り添う、という言い方があるけれど、自然との一体性をとり戻すということをもう一回最初から考え直す必要があると思う。自然そのものが巨大なリサイクルのプロセスです。だから自然界に

「ごみ」とか「廃棄物」なんて存在しない。その自然のプロセスから切り離された人間界だけのリサイクルなんて、インチキだと思えばいい。「核燃料サイクル」がそのいい例です。全然サイクルになっていない。産業社会でいう「生産」とは、じつはみなリニア（直線的）な発想なんですね。

でも、これまでぼくたちが無視したり、軽視したりしてきたものの中に、じつは解決策が秘められているかもしれない。たとえば水について科学技術は手をつくして、水路をつくったり、ダムをつくったり、浄化装置をつくったり、いろいろやってきたけれど、結局、いつもきれいな水が我々の前にあるのは、この地球全体のメカニズムのおかげですよね。自然界が水を常に浄化し、リサイクルしてくれているからです。この根本的で、当たり前のことに一度たち戻るしかないと思います。ヘレナも『懐かしい未来』の最後に書いていますが、「懐かしい未来」とは、過去のある時点に戻ろうということではなくて、過去から営々とずっと続いてきた、人間と自然の本質的な関係へとたち返ろうということなんだ、と。そこを見直すことなしに、解決策を求めて、狭い土俵の上で騒いできたんじゃないでしょうか。その意味でぼくは、3・11を経て、原子力発電から太陽光発電へ、原子力から自然エネルギーへ、といった技術的なシフトだけで済むと思ったら大まちがいだと思います。

ただ、『日本の大転換』で中沢新一さんが言っているように、太陽光発電は原子力発電とは本質的に違うという議論は大切だと思う。太陽光発電はバイオミミクリ（「バイオ」は生物「ミミクリ」は真似る、という意味。自然の英知を模倣することにより、人類が抱えている問題を解決していく）で、光合成のような太陽エネルギーの利用の仕方を模倣して、ほとんど同じメカニズムで行われる「媒介の技術」なんだと。もう一方の原子力というのは、太陽の内部でおこっている事象をそのまま無媒介にもってこようとする傲慢《ごうまん》で暴力的な企てで、今回の事故もその無媒介の技術が必然的に引き起こしたものだった、と。こうした中沢さんの考え方を踏まえて言えば、生態系におけるいのちの営みをバイオミミクリという形で活かして、人間の生存の仕組みの中にとりこんでいくということこそが、本来の科学技術だったんじゃないのか、ということです。

田中：原子力って破壊の力ですよね。原子を分裂、分割させて巨大なエネルギーを得るわけだから。そうではなくて、江戸時代は、土や微生物や排泄物や魚や鳥や草木や水を組み合わせて、つまり分離するのではなく出会わせることで、生産量を増やしたり、循環させて無駄をなくしていたわけです。たとえば、土って、私たちが思っている以上にものすごく大きな役割をしている。地面の中で。そこにある生命の営みが、さまざまなものを地球上にもたらしているわけですよね。そこに必要なのは人の能力と労働力です。人は自分たちの能力と身体力を使わないようにしようと、電力に頼っているわけですが、結局、自分の力をそいでしまっています。農業も、能力と身体力を使わない工場生産での野菜が出回り、生産者がこう言っていました。「今は、土そのものが農業をできるような状態じゃない。虫もつくし」って。しかし、怠惰《たいだ》によって土をだめにしたのは人間です。そこで、工場で水性栽培すれば、農薬も必要ないし、太陽光でつくることができる、という。この、工場生産野菜っていうのを、どういうふうに考えたらいいのかよくわからないんです。電気はいっぱい使うでしょう？

辻　：もちろんそうですよ。ウェンデル・ベリーというアメリカの農民哲学者が現代人の心性について、「チープ・オイル・マインド」という言葉を使っている。「汲めども尽きぬただみたいに安い石油」という前提の上に、現代の経済学は打ちたてられ、その経済学という土台の上に、ぼくたちの価値観が形づくられている。野菜工場はまさに「チープ・オイル・マインド」というマインドセットをそのままにして発想されています。電気をたくさん使って野菜をつくって、農薬を使わないからエコだなんて！　ベリーが言いたかったのは、あれこれの部分的な修正ではなくて、今、マインドセットそのものを変えなくてはいけないということです。ぼくらはもう、さんざん石油まみれの経済成長をやってきた。つまりチープ・オイル・マインドで生きてきた。その石油が枯渇《こかつ》するとか、石油消費が地球温暖化に大きな影響があるということで、エネルギーの大量消費というマインドセットをそのままにしておいて、それじゃあ次は原発だ、と。3・11の後、やっぱり原発はまずいからといって、化石燃料に戻っていくんじゃ、元の黙阿弥《もくあみ》です。ウェンデル・ベリーは、そういうチープ・エネルギー・マインドともいうべきマインドセットそのものから離れていくことができるかどうかに、人類の未来がかかっていると言っているわけです。もうひとつ言わせていただくと、多くの人たちが3・11の後もTPPを推進しようとしているのは、このチープ・エネルギー・マインドのいい例ですね。こんな深刻な事態に直面しながら、あいも変わらず、エネルギーを湯水のように使って、分業式で安く作った製品を世界中どこへでも運んでいくみたいな、そういう幼稚な考え方でしょう。経済成長や景気のために、安くエネルギーを供給し続け、とくに大企業を優遇し続ける。国境を越えるのに税金がかからないから、安い価格で外国に行こうというツアーなんていうのも、増える一方です。

田中：二五〇〇円で韓国へ行ったたっていう人がいましたよ。たぶん余った石油でなんでしょうね。でも、そこに「土です！　やっぱり土でしょう！」なんていっても、「はあ？」という人たちばかりという、この状況をどうしたらいいんですか？

辻　：でもこれって一種の手品のようなものですからね。人々はいわば幻想の中にいたわけで、いつまでもその中に居続けることはできない。ずいぶん長く続いたけど、でももうそろそろ終わりです。現に、これが幻想だとわかったものから、これまでの経済学という土俵そのものの外に出て動き始めている。その数はどんどん増えていますし、質的にも着実に進化して、「もうひとつの経済学」を形づくりはじめている。そのひとつの表現が「幸せの経済学」です。そこで、ラダックだったり江戸時代だったりがヒントになるんじゃないかな、と思っているんです。

江戸の経済・教育

辻　：「幸せの経済学」という言葉が出たところで、これから江戸時代の経済学についてもうかがえたらと思います。そこでまず再確認しておきたいのが、これまでの主流の経済学の土台となった基本的な考え方です。経済学が前提にしてきた人間観があって、それは、「人間とはエコノミック・マン（経済人）である」ということです。ではそのエコノミックであるとはどういうことかというと、合理的であること、損得勘定で動くこと、つまり「損」を避けて「得」を得ようということです。そしてもうひとつ、エコノミック・マンとしての人間の欲望には限りがない、ということが前提なんですね。もちろんこれって、人類学的にみたら、ものすごく偏っているし、ものすごく幼稚な一般化です。つまり、おいおい、そんなお粗末な人間観から出発しちゃって、その上に「経済学」なんていう巨大な知的建築物を建ててしまったのかい！　みたいな（笑）。

田中：へえ。ヨーロッパの経済学の基本ってそうなっているんですか。でも、漢語では経済は「経世済民《けいせいさいみん》」だから全然違いますよね。万人を救うものだという規定です。そりゃそうでしょう。富というものは、万人を救うためのものです。

辻　：ヘレナもよく言います。いちばん大きな問題は、多くの人たちがこのひどい世の中をなんとかしたいと思うけれど、みんなどこかであきらめている。なぜかというと、あの経済学の前提になった人間観をいつの間にか刷りこまれているから。「人間は貪欲なもので、その欲望には限りがない」と信じているから、何をしても無駄だ、と考えてしまう、と。そこで、ヘレナは口を酸っぱくしてくり返す。「いえ、違います。これは人間の本性のせいなんかではありません。システムなんです。そういう仕組みにしかすぎないんです」

もちろん、人間にそういう欲深い一面があることは否定できないでしょう。「もっと、もっと」と求める弱さを持っていて、何かを得たときの快楽というのは否定しようもないわけです。新しい服を買えば、その時はとてもうれしくて、その後も三日間ぐらいはワクワクして幸せな気分かもしれない。そのことを幻想だということはできないでしょう。そこには何か本質的なものがあると思う。

しかし、人類学者じゃなくたって、他の文化を見たり、過去をふりかえってみれば、すぐにわかるはず。消費の喜びはさまざまな快楽のひとつであるということ。そしてそれぞれ文化という枠組みの中で、人々は互いの欲望にそれなりに折り合いをつけながらやってきた。だから文化はそれなりに持続可能だったはずなんです。もしも人間が、ただの損得勘定で動く、欲望に限りのない単なる合理的経済人であったなら、なんでこんなにさまざまな文化があるんだろう？　そういう恐ろしい単純化の中に、ぼくら、やっぱりはめこまれている。だからぼくらにできることは、いろんな文化の中に見られる、人間のさまざまな姿や態度をどんどん掘り起こして、見せていく。そうすれば思い当たることがあると思うんです。「そういえば、独り占めしたときもうれしいけど、人と分け合ったときって、もっと楽しいかも。そしてそっちのうれしさのほうが長続きするかも」とかね。そこに希望があると思うんです。

田中：そうすると、さきほどのシステムの話だと、システムを変えれば人間が変わっていくはずですね。でも、この状況の中で、システムを変えるっていうのはきわめて難しいですね。ですから、辻さんはそうではなく、一人ひとりが変わっていく何か、そういうきっかけを私たちがつくりだしていく、そういうことをおっしゃっているのですよね。

辻　：そうだと思いますね。マーク・ボイルの話を第一章でしましたけど、なんか遠いところに行くのが冒険家だってぼくら思っているけど、彼はどこにも行かずに生き方で冒険をやってみせた。自分の生き方によって、すごいことを表現してしまった。

田中：ああ、そうか。かつては、宗教の中でそういうモデルを見せていたんじゃないでしょうかね。僧侶や修道士たちが、人間てこういうふうに生きられるんだって見せる機会があったと思うし、社会の中にそういう生き方をする仕組みというのがあって、それこそ「降りちゃおう」という人は、降りちゃって死ぬわけじゃなくて、別の環境にうつることによって、別の生き方を見せることができた。そういう仕組みがどんな社会でもあったと思うんですよ。それがなくなってしまった。だから、私たちとしては、言葉で言ってるだけでは足りないわけだから、まさにその生き方を実践して見せるしかない、ということになりますね。

辻：実践できれば越したことはないし、少なくともいろんなヒントをばらまいていくことはできる。

田中：ヘレナさんの『懐かしい未来』の中で、教育の話も心に響きました。ラダックで変化していったものの一つに教育があると。江戸時代もそうなんだけれども、教育という概念も言葉もなかった。ラダックでもないわけですね。それは、誰かが教えるんじゃなくて、育つということが基本にあるからだと思います。

辻：「手習《てなら》い」という言葉がありますよね。

田中：「習う」んですよ。習うっていうのは、前に誰かがやったことを習って、できるようにしておく、というだけのことなんですね。手習いですから、字が書けるようにする、計算ができるようにする、挨拶ができるようになる、手紙が書けるようにする。これは全部、実際の生活に必要なものです。ラダックでも、社会で必要なことがあって、それを学んでいくことが基本だったわけです。

ところが、教育制度ができると、そこから乖離《かいり》していった。大学の教師として、学生に教えながら、それを実感しています。このことはいったいこの子たちが生きていくのに本当に役に立つんだろうかとか、必要なんだろうかとかと、いつも自分に問うています。私は、大学ってなんだろうとずっと思いながら教えているんですね。教育も、人が生きていくときにとても必要なもの。もともとそうだったはずなんですけど、そこから離れてしまっている。それを戻さなくちゃいけないと思いますね。

辻：ぼくもね、十数年ぶりに帰ってきて、日本の大学で教えるようになってからずいぶん悩んだんです。で、ひとつの結論として、基本的に、大学というのは小中高と背中に背負わされたものを、下ろす時間だと思った。また、本当の学びは大学を出たときにはじまるのだから、そのための練習というか、基礎をつくるのが大学だって考えておけばいいんじゃないかなあ、と。

田中：そうですね。だから私もね、今、手習いに徹しているんですよ。文章の書き方を徹底的に添削して、とにかくまともに書けるようにするんです。江戸の手習いですよね。

辻：優子さんが着物を着ている姿を学生が見るというのも、大事な教育じゃないかな。

田中：時々はそうしますが、それが教育なのかどうか。変な格好しているなと思うだけの学生もいると思いますし。

辻：そんなことはないでしょう。ぼくがゼミでしつこくやっているのは、田んぼと畑。最初のうちはね、「そんなことをさせるために大学までやってるんじゃないぞ」という親の声が聞こえてきたんですけど。でも、これさえやっておけば、どこでも生きられる人間になれるって言い張って(笑)。

田中：これからはどこにいっても役に立つ生き方を伝えるしかないですね。

辻　：江戸時代の教育では、なにを教えるのだと理解したらいいんでしょうか。

田中：コミュニケーション能力ですね。今の言葉でいうと。

辻　：でも、田舎と都会とあるでしょう？

田中：同じです。手習いといわれる寺子屋教育は。

辻　：寺子屋というとお寺と思いがちですが？

田中：いいえ、お寺じゃないです。寺子屋という言葉は、その前の時代、中世に寺でやっていたから残っているんです。ほとんどの場合「手習《てなら》い」という言い方をします。少人数教育で、たとえば一つの村に五つくらいの手習いの場所があって、あるところでは神官が、お坊さんが、お医者さんが、知識のある農民が教えているというように、いろいろな職業の人が、とくに授業料をとらずに、まあお礼をいただければいただくという感じで、つまり生活が成り立っている人が、その余力で教える。ですから、学生数を競ったりはしませんし、それぞれ近くの子たちが来るというだけのことなんですね。

教科書はだいたい決まっていて、「往来《おうらい》もの」というんですが、「百姓往来」とか「商人往来」などを使って手習いをします。読めるようにする、書けるようにする。書けるようにするときに、往来ものは手紙の形をとっているので、手紙の書き方も覚えるわけです。そうすると、大人になったときに、誰とでも手紙のやりとりができるようになる。江戸時代は、字体が統一されているので、どんなところからこようと、どんな身分の人から手紙がこようと、読めるし、書けるようになる。これが基本的な教育です。だから、コミュニケーション能力なんです。手紙のフォームを覚えるということは、挨拶の仕方がわかるということで、同時に大事なやりとり、相手に尊敬をこめて書く書き方や、上下関係での表現の仕方だとかも覚えていくわけです。今、大学生にもっとも問われているのがコミュニケーション能力だとよくいわれますけれども、まさにそれをやっているわけです。それができて初めて大人として社会に入れるというのは、江戸時代も同じなんです。ただ、それをやっているのは、今でいえば小学生ぐらいの年齢です。小学校を出て丁稚《でっち》になる人がとても多かったのです。働いてから、またなんとか塾という高等教育を受ける人はいますけれども、基本的には、手習いを終えたら丁稚に入って、お店の方式にしたがって、改めてまた教育を受けるという、そういうやり方です。

辻：今だと生涯教育という言葉があり、カルチャーセンターのようなものがありますけど、商業主義的だし、何か上っ面な感じがしてしまう。一生を通じて人間的に成熟していくとか、成長していくとかいうのは、幸せな社会の重要な要件だと思うんですよ。そういう学びの場が、江戸時代には豊富だったのかなと思うんですが。趣味の世界はかなり盛んでしょう。あれは都市中心なんですか？

田中：いえ、村でもあります。基本は俳諧《はいかい》です。「5・7・5」「7・7」「5・7・5」「7・7」と連なっていく鎖連句。連歌《れんが》俳諧っていいます。ですから、全国どこにいてもそういうグループができます。旅の俳諧師って、すごくいっぱいいるんですよ。旅の俳諧師たちを連れてきて教わるんです。それから、旅の俳諧師たちはテリトリーを持ってて、行く村がいくつか決まっている。時々テリトリー争いが起こったりもするそうなんですけれども。

辻：「ここは俺の縄張りだ」みたいな(笑)。

田中：そう。名主《なぬし》さんと親しくしていて、名主さんのところに行くと村人が寄ってきて、教えていくらかいただいて、帰っていくというね。もっと本格的な旅の俳諧師になると、ずっと旅を続けているという人たちもいます。だから、俳諧師は、ある意味では教育者みたいなものなんです。それが、都市でも村でも、だいたい共通していることです。だから江戸時代はかなりの人たちが詩をつくっている社会と言っていいです。

辻：すてきですね。サティシュ・クマールや宮沢賢治が言う「みんながアーティストの社会」。

田中：あまり文字が読めなくてもつくれるんですよ、俳諧は。記憶しちゃえばいいだけですから。後は、都会ではもっとたくさんのことが行われます。もうちょっと高度なものでいうと、狂歌《きょうか》です。5・7・5・7・7を詠む。ただし、狂歌だから、まともなものではなくって、必ず冗談、笑える歌でないといけない。パロディの歌を詠む集まり。俳諧と違って、歌を一首ずつ読むものなので、別に集まらなくてもいいはずなのに、必ず集まる。そのやりとりをしながら作っていって、集をまとめて出版する。その活動もすごく盛んですよね。

辻：川柳《せんりゅう》はどうですか？

田中：川柳のもとは雑俳と言って、水茶屋《みずぢゃや》という喫茶店で募集したんです。たとえば、5・7・5を出しておいて、7・7をつける。応募してくる人たちがいると、選んで、その人たちに賞品を出す。それをまた判断する人たちがいるんですけど、それを旅の俳諧師みたいな人たちがアルバイトでやっている。だから、そういうのに凝りはじめると、一生頭を鍛える人たちもいるでしょう。あと、絵手本というのがやたらと出ています。北斎も書いていますね。「これを手本にすれば絵が描けますよ」というものですから、たぶん、すごくたくさんの人が趣味で絵を描いていたんだろうなと思います。

連・グループ・話し合いの場

辻：「連」という集団は、学ぶことと深い関わりがあると思いますが。

田中：「○○連」と言ってたのが、狂歌の連ですね。狂歌の連の特徴は、狂歌をつくることを目的にして結成しても、それ以外のこともやります。そこから落語が生まれているんですよ。

辻：いつぐらいのことですか？

田中：江戸時代の真ん中あたりより後です。ただし、そのころはプロの落語家はいないです。連の中の小咄《こばなし》の会です。狂歌だけじゃなくて小咄をやろうよという話になって、小咄をつくって披露《ひろう》した。もとから人を笑わせたいという連中が集まっているから、おもしろい話で、そこから小咄集が出版されたりもしました。その小咄が長くなって落語になっていくんです。ただし、寄席ができるまではお座敷でやっています。

そういう集まりが連ですから、狂歌連だけではなくって、歌舞伎役者の後援会もあります。絵が好きな人たちの連に、絵暦《えごよみ》の会というのがあって、これは絵を描く連なんですが、ただの絵ではなくて暦（カレンダー）なんです。一年の冒頭に必ず暦が出る。でも江戸時代には一週間という単位がないから、今のようなカレンダーにはなっていない。日めくりでもなくて、今年の一年は、何月が大の月で、何月が小の月かっていうことを一枚の絵の中に表現しているんです。大の月は三〇日まである月で、小の月は二九日まである月。江戸時代には三一日という日付は存在しないんですよ。閏《うるう》年では、どこかで同じ月を二度続けて調節します。今いったようなことを、ただ文字で書けばいいんだけれども、それを絵にしちゃうのが絵暦の連というわけです。絵にするだけではなく、数字を絵の中に隠す。そうすると、見にくくなりますね。わざと分かりにくくする情報伝達って、すごいおかしいんですよね。おもしろい絵を描いて、その中に数字を隠しちゃう。謎解き絵みたいな感じです。これをおもしろがってつくるんです。これが最終的にはカラー浮世絵印刷技術を生み出すことになるんです。

辻　：へーえ、そう考えると趣味ってすごい。狂歌をつくっていた人たちから落語が生まれたんですね。

田中：そのうえ、身分に関係がないから、連には武士も商人も職人も出入りするんです。農村でも、俳諧の連の人たちなんかが出入りしますし、グループとしては、ほかにも「結《ゆい》」とか「講《こう》」とか「組《くみ》」とかがあります。それに人が集まるといえば「寄《よ》り合《あ》い」。寄り合いは、今でいう議会の役目を果たしているから、これはかなり真剣な話し合いの場です。村の大事なことを決めています。たとえば、本当に大事なことを決める場合には、一家に一人という計算で、全員出席しないとできないことになっている。そういう意味では、家単位の民主主義を保っているんですね。多数決は基本的にはダメな方向で、どうにもならないときに多数決をとるんですが、ふつうは全員が納得するまで話し合って、それでものごとを決める。それが寄り合いです。

ですから、寄り合いがあって、講があって、結があって、組があって、それだけでも大変なんですけど。そこにまた俳諧の集会があったりするので、組み合わせを変えながら、人がいつも集まって何かやっているという状態ですね。村のほうがその状態が盛んだと思うんです。

辻：『ラダック　懐かしい未来』に、ラダックのパプスンという集団のことがでてきます。

田中：あれは講ですね。お葬式をやったり、結婚式をやったりするでしょう。だから、江戸時代にはあのパプスンに当たるものが複数あるということになります。

辻：講と結、それに組ですが、どういうふうに整理したらいいでしょう？

田中：まず組には、若衆組とか、長老組とか。あと女性たちのかか組とか、娘組とか。基本的には年齢階層別ですね。講は年齢階層関係なく、御岳《おんたけ》講だったら、「いっしょにお参りに行きましょう」ということになりますし、ただお茶を飲むだけの講もあります。それから、結は、臨時的に結ぶものが多いです。たとえば、何か災害が起こったときに、結を結んで対処するとか、屋根を葺《ふ》くときに結を結んでつくるとか、それから、お葬式をやるときにも、講として恒常的に組んでいるところと、臨時的に結でやるところとあります。

辻：第一章で話にでたコミュニティの問題ですが、江戸時代のコミュニティのあり方がこれからの社会にとってのヒントになりそうですね。

田中：コミュニティって本来、生産共同体ですから、本当は江戸時代のコミュニティも、講とか結とか組でできているんですよね。つまり、全体としてこの「村共同体です」っていう状態にはなっていなくて、もっと小さいグループが、相互に組み合わさりながら活動している状態なんです。最近は、歴史家たちもそこに注目してきて、そのことを「生活のムラ」と呼ぶようになっています。もう一方は「制度のムラ」といって、年貢をどのくらいとるかとかですね。これは、村共同体が単位になるけれども。現実的に彼らの生活実感は、村よりもむしろ講とか組とかの活動からくるものが多いと思います。

辻：そこに今の社会にも通じる可能性がありそうですね。

田中：ええ、もしかしたら、村そのものよりも、組、講、結のほうが、あるいは連のほうが、これから私たちの社会でできてくるかもしれない。とくに連の場合には、同じ趣向とか意識をもった人たちの集まりですから、そういうものは都会でもできるわけです。

辻：そうですね。インターネットを介して集まっていくってこともありえますね。

田中：連の特徴は、必ず目的を持っていることなんです。ただ集まってお茶を飲みましょうとかじゃないんです。必ず目的をもって連が結成されて、その目的が終わったときに解散してもいいんです。解散してまた新しい連ができるということは、よく起こることなんです。それが私たちにとっては割と大事なことでしょう？　何々を達成しようという運動目標をたてて連が構成されて、達成したらば解散すると。それから、ここが大事なことなんですけれど、組織を大きくしない。私たちの意識って、何か集団をつくると、組織を大きくしたがって、組織を大きくすると力をもったような気がする。それが集団の分裂の非常に大きな原因だと思うんですよ。それこそテリトリー争いも起こってくるし。

辻：それはとても大事なことですね。組織を大きくしない。シューマッハー（エルンスト・フリードリヒ・シューマッハー、一九一一～一九七七年。イギリスの経済学者。代表作は一九七三年刊行の『スモール イズ ビューティフル』）のいう「スモール イズ ビューティフル」です。

田中：連の場合には、はっきりとはわかっていないんですが、どうも状況からみて一つの連は二〇人くらいだろうと思うんです。ところが、連の数がものすごくたくさんあるので、つまり、同じようなことをやっている人がすごく大勢いることになるんですよ。

辻　：現代の「ネットワーク」のイメージですね。

田中：だから、少数でやっていけばいい。ただ他の人に呼びかけて、そっちもそっちのグループつくったらどうかとやるんです。これでいいわけですよ。

辻　：あるいはネットワークの結び目のところにいて、いろんなものに同時に参加してもいいですね。

田中：個人の側からみるとそういうことになります。江戸時代ですと、参加する連によって名前を変えたりする、という特徴があるんです。そういうふうにして、自分をいくつもの自分にしていきながら、重層的な連を個人の中で達成していく。そういう構造になっているんです。

辻　：日本に帰ってきて思ったんですが、日本の学生って内向き志向で、ひとつの組織に属したがるんですよ。サークルでもなんでも。すると、そこでしか通用しないような会話がくりひろげられる。

田中：その中で役割ができて、つきあいもそこでと。

辻　：「それが全て」みたいなね。で、そこで自分が排除されそうな力学が働いたら、すごく悩んだり、絶望したり。

田中：そうですね。複数のグループに所属していると、ひどく追いつめられたりはしませんからね。

仕事の仕方

辻　：江戸時代の仕事観ですが、たとえば、渡辺京二さんの書かれた『逝《い》きし世の面影』を見ると、現代の若者たちがうらやましがるような姿がいっぱいある。現代日本のキーワードのひとつに「半農半X」というのがあるけれど、江戸時代はひとりの人がいろんな顔をもって、いろんな仕事をして生きていくのがごく普通だったんだなって。

田中：漁村には半農半漁が多いです。納屋集落というのが海岸のところにあるんですが、漁業に出るときの船を出すためのいろんな道具が納屋に置いてあって、そこに集落ができてくる。上のほうに畑があって、漁ができないときは耕している。ですから、この人は漁民でこの人は農民でというふうに、そんなはっきりと境目があるわけではなくて、いろいろやっているんです。誰でもやっているのが農業。ですから、漁村で農業をやっている人がいますし、山で農業をやっている人がいますし、それから被差別民でも農業をやっている人がいます。そうやって混ぜながら仕事をするのは、現実的な対応をしているということです。

それからもうひとつは、それぞれの分野のプロフェッショナルのあり方としてすごいなと思うのは、農業をやっている人は、藁で生活用具のいろんなものをつくる。それから家も建てられるとか。家を建てるのは一人では無理だけれども、それこそ結の力を借りて家を建てるとか。それから、水路の掃除とか、水路そのものをつくるとか、灌漑《かんがい》設備の工事も自分たちでやりますし、川を堰《せ》き止めるという工事も、ありとあらゆることを自分たちでやります。

辻：衣類もつくりますね。

田中：ええ、もちろん。だから、仕事っていうと、今の私たちは○○の仕事って、それだけやっているんだけど、江戸時代の仕事はそういうものではなくて、必要とあらば何でもやるという仕事意識です。たとえば、『カムイ伝講義』の中では、被差別民がどれほどの職人なのかを書きました。自然死した牛馬（当時は肉食しないので屠殺はない）を引き取って皮を剥いでなめす作業には、手順と技能がきちっとあるわけです。代々続いている職業ですから、継承されている。確実にそれぞれの仕事の分野で継承されている技術があって、ずっと伝統的に残されていくんですね。

それからもうひとつは、家と職業がくっついている。今は、家族は家族で、仕事は仕事場というように分けられていますよね。ところが、家族でその仕事をしているわけです。これは漁民も農民も被差別民も商人もみんなそうです。そうすると専業主婦ということはありえない。女性たちが占めている仕事の中での役割は非常に大きくて、女性たちもその世界のプロになっていくんですよね。私は江戸時代の働き方は、家中心だからこそできる働き方だと思います。専業主婦という存在が出現したときに、女性の孤独や子育ての悩みが出現してきたと思うんです。本来、子育てはコミュニティの中で育てるということだけではなくて、仕事の現場で育てていた。農作業のときにも子どもがいるし、商いをやっている現場にも子どもがいる。商いをやっている大店の場合だと乳母がいたり、お手伝いさんとか従業員がたくさんいますから、大人が出たり入ったりして、その中で子どもが育ちます。そう考えると、孤立して子どもを育てている今の環境は、江戸時代からみると異常だなと思います。

辻：それから、祖父母もいます。

田中：もちろん。ですから、仕事について話すなら、同時に家のことも話してしまう。この二つは切り離せませんから。生活をすることと仕事をすることとは一体化しているんです。

辻：今「仕事」が、若者たちの上に重くのしかかっているわけです。ぼくは、ゼミでシューマッハーの著作を教科書にして、なんとか仕事という言葉を相対化しようとしているんです。ちなみに、シューマッハーの『スモール イズ ビューティフル』の中に、六〇年代に書かれた「救いか呪いか」という痛烈な原子力批判がある。3・11の直後に読み返して、ぼくは大変励まされました。彼は経済学者だと思われているけど、じつは非常にホリスティックな人で、その重要な遺産として「仕事論」があるんですね。彼によると仕事には三つの意味がある。一に、人間として自分がもっている潜在的な能力を発見し、育てること。二に、他人と共同する中で、自己中心的な態度から抜けだし、社会的な人格へと育っていくため。そして、やっと三番目に、「まっとうな生活に必要な財とサービスをつくり出す」というのが出てくる。農業に関する彼の議論でも、農的な仕事の意味の三番目はもちろん必要な糧《かて》を得ることなんだけど、その前に、自然との関係における自分を学ぶ、これが第一にあげられている。そういうことを考えてみると、ぼくたち現代人の仕事観というのは、本当に薄っぺらく、貧弱になっている。一番目と二番目が蒸発しているのは当たり前で、三番目にしても、いったい現代日本の仕事のどれだけが「まっとうな生活に必要な財とサービス」をつくっているでしょう?

田中：仕事そのものがいろんなものから切り離されていますよね。社会から切り離され、家族から切り離され、孤立した状態で、ただお金を得るために働く。お金のためだけにやっている、そう思ったらできない仕事っていっぱいありますからね。

辻　：本来なら我々の幸せな人生のために不可欠なはずの仕事が、逆に、不幸せの原因になっているという感じがしますよね。ちなみにシューマッハーは『スモール イズ ビューティフル』の冒頭で、そのころのイギリス人の多くが、工場などの職場の中で、まるで奴隷のような悲惨な状態で働いている、という新聞記事に触れている。しかし、本当にショッキングなのはそのことではなくて、そういう記事に対して何の反応もなかったことだというのです。自然界が汚染され、疲弊《ひへい》していることに大騒ぎをしている環境運動家たちさえ、人間がこんなにひどい状態にあることには無反応だと、憤っているんですね。そういうことに最も関心があるはずの運動家も学者も含めて、非常に貧しい仕事観の中に追いこめられている、そんな気がしますね。「雇用がない」「雇用をつくれ」といって大騒ぎしているけれど、その仕事の中身についてはみんな驚くほど無関心です。

どうやら、ポスト3・11の新しい時代は、もう一回、仕事という言葉を相対化して、その意味を最初から問い直し、多様な仕事のあり方の可能性をどんどん掘りおこしていかなくてはいけないようです。でもその点、若者たちは、半農半Xなどに見られるように、自前で新しい仕事観をつくり、自分なりの仕事を編みだしたりしはじめている。「ちょっと収入が減るけど、こっちのほうが時間があるからいい」という、一昔前にはとても珍しかった価値判断を、普通に下している。それをどこまで政治家、官僚、大学人が把握しているか知りませんけど、そういう動きは、日本だけでなく、世界中で確実に広がっていますね。

江戸のスローライフ

辻：ぼくは、アメリカやカナダやメキシコなどに住んだ十数年の間に、最初はぼんやりしていた先住民族の人たちの姿がだんだんはっきり見えるようになりました。最初は少数民族、とくに新大陸に主に奴隷として強制連行された黒人たちの子孫や、ユダヤ人のような難民として渡ってきた人々の存在に関心がありました。他にも縁があって、いくつかの少数民族のコミュニティに出入りしました。そういうところにいると、くつろぐというか、不思議な感覚がしたんです。だいたいそういう人たちは、被抑圧とまではいかなくても、差別されたり、過去に被抑圧の歴史を持っていたりと、なんらかの負の記号を背負っているんだけど、そういう人たちならではのくつろぎの空間をつくりだしている。

こういう人たちを主流社会の人たちは往々にして下に見ているわけですが、ひとつ共通した見方というのが、「スロー」なんです。「のろま」だとか、「怠《なま》け者」だとか。あいつらは怠け者だから、いつまでたっても貧乏だし、生活も向上しない、というふうに。その点、ユダヤ人とか日系人とかは「スーパー・マイノリティ」などと言われていて、主流社会よりもさらにせっせと勉強したり、働いたりして、主流社会の中にスムーズに入りこんでいく。過剰適応というか、主流以上にファストなことも多いんですね。一方、ラテン系、黒人、そして先住民であるインディアンなんかはスローでのろいほうの代表。でも、ぼくが彼らのコミュニティで感じるくつろぎとは、まさにコミューナル空間ならではの、スローな時間の感覚があるんじゃないのかなとだんだん思いはじめたんです。

あるとき、アメリカ・インディアンのリザベーション（居留地）にあるギフトショップに入ったら、変な時計を売っていた。時計の針はちゃんと動いてるんだけど、時刻を表示するはずの数字がバラバラなんです。数字の大きさもまちまちだし、上のほうに6があったり、3が左のほうにあったり。この時計の名前が「インディアン・タイム」。それは、約束の時間にいつも遅れてくるインディアンを揶揄《やゆ》して、「彼らはちがう時間で生きている」という意味で言ったことなんです。黒人にはブラック・タイムがあるし、メキシコにはメキシカン・タイムがあるし、ラテン系にはラテン・タイムがある。白人主流社会に言われてきたことを、いわば居直ったように、自分たちはちがう時間で生きている、という。自嘲《じちょう》的に言っているのかなと思うと、それこそが自分たちらしさであるというふうに自慢げに言っているふしもある。「おれたちのろまだから」なんて頭をかきながら、どこかで逆にいつもせっかちで忙しそうな白人を憐れんだり、嘲笑したりもしている。つまり、そうやって意識的に主流社会との間に時間のズレをつくりだしているのかもしれない。

田中： 渡辺京二さんが書いている幕末の日本でもそうですよね。何かちょっとすると、しゃがんで、すぐ煙草を吸って、そのうちおしゃべりがはじまって、また働くんだけど、すぐにしゃがんで、のくり返し。

これをやっている日本人たちは怠け者だと言われたんです。

辻：でも同時に、「日本人は働き者」という観察もあって、この一見矛盾したふたつの見方はどういうことなのか、と渡辺京二さんは問うわけです。彼の結論としては、とくに職人たちが、やりがいを感じる仕事や好きな仕事となると寝るのを惜しんでやるのに、いやな仕事となるとお金だけではなかなか動かないという二面が、ふたつの相異なる印象を生んだのではないか、と。

田中：そうそう。たとえば農地がきちんと整っている。それは手をかけているわけですね。それから庭づくりっていうのも、基本的には手をかけなきゃならないんです。日本庭園はものすごく手がかかる。最初にでてきた「までぃライフ」じゃないけど手間がね。手間をかけることの楽しさとか、手間をかけることの大切さとか、それは明らかにありました。手間をかけてきれいに仕上げる。手間をかけていいものをつくるという、その決断をするとそれをやるわけですよ。でもそうでもないときには、おしゃべりをしながらやっている。どうもそういうことみたいですね。

辻：手間の「間」も時間の「間」も「間」ですね。

田中：江戸では、時間という言葉は使いませんでした。

辻：江戸時代の時間は、伸びたり縮んだりしますよね。

田中：江戸時代の和時計そのものが伸び縮み構造になっています。

辻：ブータンでは、約束の時間に遅れたとき、「ＢＳＴ」だって言う。ブータン・ストレッチャブル・タイム。伸縮可能なブータンタイムというわけです。時間に関しては、ブータン人はおもしろい話をよくしますね。たとえば、日本人は時計をつくるのはうまいけど、それで計るはずの時間がないだろう。ブータン人は時計はつくれないけど、時間ならいくらでもあるぞ、なんて言う(笑)。また、「一周遅れのトップランナー」じゃないけど、競走には参加しても、一番後ろからついていけばいいんだ、という感覚。そうすれば、前の人たちが滑ったり、転んだりしたら、そうならないように気をつけることができるし、まして走る方向が逆だったなんてことになったら、引きかえすのにも便利だ、と。

ラテン・アメリカではよく「マニャーナ(明日)」という言葉を使う。「アスタ・マニャーナ」は「また明日」という別れの挨拶なんですが、友人たちと話がもり上がっているようなときに、仕事の電話が入ったりすると「マニャーナ、マニャーナ」と言って、仕事のほうを先送りしてしまう。それは、今ここで生きている時間に割りこんでこようとするものを、先へとずらしていく感覚です。これってすごい能力であり、知恵だと思うんですよね。それが日本人やアメリカ人のビジネスマンにとってはイライラの種だったりするわけだけど。

田中：それで、辻さん自身はどうなんですか?

辻　：え、鉾先《ほこさき》が急にぼくに?

田中：今、私は自分のことを反省しながら話していたんですけど(笑)。

辻　：あなたも反省しなさいってことですね。わかってます(笑)。ずっと前から「スローライフ」と言い、「降りていく生き方」とか「ダウンシフト」と言ってきたんです。3・11前には『しないこと――スローライフのために』(ポプラ社)という本まで書いたのに、3・11後は「すること」が増えてしまって（笑）。ぼくはまだまだ修行中の身ですが、でもなんとか歯止めをかける、足るを知る、降りるといった知恵を磨きたい。考えてみれば、経済成長って、すべてをお金に替えていくという企《くわだ》てです。自然界をお金に替えてきた結果が環境破壊だし、自分の人生、つまり時間までお金に替えてきた結果がこの幸せ度の低いファストな競争社会です。だからこれは単なる環境問題ではないんです。そこを見直していかなければならない。もちろんインディアンだって、ラテンの人だって、同じような経済の仕組みの中に組みこまれて生きてきたわけだけど、どこかで巧みに時間をずらして、完全に巻きこまれないようにしながら、ある距離をとって生きてきたんじゃないか。この微妙な感覚がぼくは大事だと思っているんです。江戸時代だって、貨幣経済が進行し、ある意味の資本主義が勃興《ぼっこう》しているわけですけれども、その中にあっても「人生は金じゃない」という考えがあって、それが落語にもいっぱい残っている。そういうシステムからの距離のとり方があったと思うんです。

田中：そうですね。たとえお金を手に入れたとしても、自分のためだけじゃない、という意識は必ずあります。つまり、お金を手に入れることに対する後ろめたさというのをもっているということなんですよ。私たちは、その後ろめたさがなくなっちゃっているんですね。恥っていうんでしょうかね。

辻：ああ、たしかにありました。ぼくたちが若いころぐらいまではね。なんか金持ち風にしている人って恥ずかしいなみたいな、ね。成り金趣味とか。

田中：成り上がり、という言葉もありました。

辻：『江戸っ子はなぜ宵越しの銭を持たないのか』（田中優子、小学館101新書）に、いっぱいそういう話が出てきますね。お金に関して、あるところで歯止めがかかっている。

田中：やっぱりそれは恥じらいとか、後ろめたさからきていると思うんですよ。「文七元結《ぶんしちもっとい》」では、ぜんぜん知らない人、今、橋から飛びこもうとしている人をとにかく飛びこませない。そのために自分の金をやっちゃう。で、自分の名前も言わずに消える。

辻：でも、その金はもともと自分の娘を身売りして得た金でしょ。かなりひどい話ですよね(笑)。

田中：確かにひどい。でも「文七元結」の見せ場は「お前、なんで飛びこむんだ」というあそこだと思うんですよね。とにかくお金を押しつけて「生きてろよ」って言うわけでしょう。それは、今、自分は生きている、娘もこういうことになっちゃったけど生きている。でお前は今、死のうとしている。だから今、助けたい。そこなんですよね。あんまり考えてやってるわけじゃない。その結果、先々どうなるだろうなんて考えていたら、絶対お金なんてあげられない。とっさに助けたいと思った。ただそれだけなんです。やっぱり江戸っ子ってそういうところがあったと思う。その根っこにあるのは、一人で生きているわけではない、というその感覚なんだろうと思うんですよ。

辻：最近、あるお坊さんから、無意識に人を助けてしまうのが人間の最高の形態だということを聞いたけど、それが自然にあるってすごいことですね。現代にこういう人が出現したら、やっぱり「頭がおかしい」なんて言われそうですが……。ぼくが「スローライフ」を提唱するのは、その「おかしい」が大事だということなんです。システムをすぐに変えることはできないけれど、そこからの距離感を保って、「世の中はこういうものだ」といった「常識」をつねに相対化して、世間の加速する時間から身を離して、ちょっとずれているとか、のろいとか、遅れているとかと言われるぐらいがちょうどいいという感覚を育てていく。ここでまた、「じゃあ、あなたは？」と言われると、困るんだけれども。

田中：実際、いそがしいんでしょ？（笑）

辻　：その嫌な言葉は使わないことにしています（笑）。まあ、どんな状況でも、ちょっとずらす知恵だけはもっていたいと思っています。

田中：かなり意識的に、その「ずらし」をやってらっしゃいます？

辻　：やってますね。さっき触れた『しないこと』（ポプラ社）という本に「こういうことはしない」というう「しないことリスト」を載せたんです。最近はみんな「することリスト」をつくっては、それをこなすのにいそがしいわけですが、その背景には、「することリスト」が長いほど立派な人だという変な常識がはびこったことがあると思うんです。生産性とか効率性とかを高めていくことがつねに正しい、といった考え方の土俵の上に乗せられてしまっている。その土俵から少しずつ降りていくのが「しないことリスト」なんです。そうやって「すること」の過剰で息の詰まりそうな世界からちょっと自分をずらすんです。たとえば、リストの中に、「駆けこみ乗車をしない」というのがある。これは永六輔さんの話に触発されたんだけど、走ったら乗れそうな電車を一台見送ったときになんだかすがすがしい気分になる。そこでできた三分間でなにか考えたり、ボーッと空を見上げたりする。

田中：たしかに、そういう余裕が生まれます。

辻　：それも小さなインディアン・タイムじゃないですけれど、自分なりのスローな時間をつくるっていうことなんじゃないかって。

田中：駆けこまなくてもまにあうのに、つい駆けこんじゃう。

辻　：そうそう。まるでこれを逃すとすごくもったいないみたいな気になるんですよね。

田中：だから、電車にかぎらず駆けこまない、急がない。まずそれができるということですね。

辻　：こういうちょっとした心がけが、意外と大事な気がします。そういう小さなものの積み上げで、自分自身の気がまえみたいなものが全体的に変わってくるかもしれない。駆けこむ人と駆けこまない人は表情も違ってくるでしょう。

田中：とりあえず私もそこからやってみようかしら。風邪をひいてみてわかったんですけれど、ああ、せっぱつまっているなあと。病気ってそういうところからくると思うんですよね。免疫力が落ちて、余裕がなくて、それが続くとダウンしちゃうんですよ。昨日までひどい風邪をひいていて、ああ、今回もそうだったなあと思っているところです。

辻　：どうぞお大事に。

第四章　ブータン探訪記

自立しようとしている国ブータン

辻：ここ八年ほど、ぼくはブータンに通っていて、その小さな国が発信したＧＮＨ（国民総幸福）に注目してきたんですが、ポスト３・11の新しい時代を創っていくという観点からみると、ＧＮＨという発想がますます役立ちそうに思えるんです。３・11前から、優子さんにもぜひブータンに行ってほしいと思っていましたが、それが今年になってやっと実現して、二月末からのスタディ・ツアーに参加していただくことができました。どうでしたか、初めてのブータンの印象は？

田中：この国は何をしようとしているのか、に関心がありました。それがとてもよくわかったんです。日本みたいに「何考えているかわからない」ような国（笑）ではありませんでした。GNH委員会の方、環境コミッションの方、プナカ知事など、どの方のお話もおもしろくて、その一つひとつがばらばらでなく、ブータンの国の方針についてきっちりと話をしてらっしゃいました。そのお話から、非常に鮮明にわかってきました。この国は自立しようとしているのだ、ということが。

ブータンは、インドと中国という大きな国に囲まれて、しかも、インドからとてもたくさんのものを輸入している。ドルジさんという方のお宅を訪ねたとき、奥様にお話をうかがいました。政府の方ではないから、どういう価値観をもっているのかがよくわかりました。「自給しているんですか？」と聞くと、夏場は、お米はもちろんだけれども野菜も自分のところでつくっている。ところが、冬場は野菜がないので、インドから輸入したものを買っている。そこでおもしろかったのは、「肉食をしますか？」という問いに、「私たちは動物を殺していません。インド人が殺して、それを私たちが食べるんです」というんです（笑）。日常的なものをインドから輸入していることがよくわかりました。

だけれども、目指している方向ははっきりしていて、自立です。軍事的にも物質的にも脅威を感じることなく、自前で生きていくっていうんでしょうか。それはグローバル時代の基本だと思うんです。江戸時代も同じことをめざしていたんですよ。江戸時代もグローバリズムの時代ですから。

辻　：なるほど。グローバル時代の自立ということについて、もう少し聞かせてください。

田中：私、ブータンに行く前の日まで本を書いていたんですが、その題名が『グローバリゼーションの中の江戸』(岩波ジュニア新書)。グローバリズムにさらされているひとつの小国が、どうやって自立を保ち、自分たちの価値観で生きていくかという非常に大きな問題を考える。それを思いながら旅に出たので、ああ、ブータンもそれをやろうとしているんだということがわかりました。でも、ブータンと江戸時代と決定的に違うのは、グローバリゼーションの内実なんですね。現在は、国際企業があって、ものすごい勢いで地球上を席巻《せっけん》しながらなんでも売ろうとする。その勢いとスピードは、江戸時代に比べ、桁外《けたはず》れに大きいのです。巻きこまれまいとしても、非常に難しいはずです。もうひとつは環境です。開発がはじまると、あっという間に環境が壊れる。人間が自然の一部であるかぎり人間も破壊しますから、すぐ変わっていきます。江戸時代と違って、それが地球規模、超スピードで起こります。その中での自立とは何か、ということを考えました。

自立を達成するためにどういうことをやっているのかを、GNH委員会の方にも環境委員会の方にもお話しいただいたわけで、その中では、今まで先進国がやってきたことを教訓にしているということはすごくはっきりしていました。ブータンは国土の少なくとも六〇%が森林でなければならないという規定があり、現在は国土の七二・五%が森林で、そのほとんどが原生林、国土の五二%が自然保護区です。私たちからみると極端にも思えるんですが、でもそこまでしなければ、この国の自立は達成できないんだということがわかりました。まずそれが、私にとってはいちばん大きな収穫でした。

ドルジおじさんの生活の変化

辻　：優子さんがドルジさん――ぼくはアップ・ドルジ、つまり「ドルジおじさん」と呼んでいますが――のことに触れてくれたので、彼の話をさせてください。ぼくたちは親しい友人同士なんです。ドルジおじさんは農民だけど、古武士みたいな風格があって、最初に会ったとき強烈な印象を受けたんです。八年ぐらい前になるかな。誇りに満ちているようにみえました。そのときは、何の予告もなく突然訪ねました。ブータンではこれって普通なんです。ちょっとのどが渇いたから、お茶飲みにその辺にある家に入ってみようか、なんていうのりなんですが、それで嫌がられたことは一度もない。だいたい見ず知らずのぼくたちを大歓迎してくれて、食事や酒まで出てくることも珍しくない。最初にドルジおじさんの家に行ったときも、やはり丁重に迎えてくれて、時間をかけて、家の隅々まで案内してくれました。ブータンの家の多くは、一階に家畜、二階に人間が住み、三階が吹き抜けみたいになっていて、収穫物を乾燥させたり作業したりする場所になっている。ところが、ドルジおじさんの家は真ん中にもう一階あって、そこがいわゆる貯蔵庫なんです。大きな木箱に米や麦が入っていて、冷暗所みたいなヒヤッとした部屋には、豚の脂身をはじめとした肉類が乾燥させてある。

田中：それは見なかったけど、卵は見ました。

辻　：そうそう、卵もたくさんとれるんです。それを一時間以上かけて詳しく見せてくれた後、こう言うんですよ。「自分は必要なものはなんでももっている。外で何が起ころうと二年間はここで暮らせる」

自分のトウガラシ畑に立つアップ・ドルジ（ドルジおじさん）

ブータン奥地チモン村の農民。主食はトウモロコシだ

って。そのころ、彼の家はまだほぼ完全自給でした。一年間通して。

田中：一年を通して。それはすごいですね。

辻　：ところが、彼の暮らしはその後年々急速に変わっていくんです。何が起こったのかというと、子どもが二人いて、上の子どもが弁護士になりたいというのでインドに留学させた。現金を送らなくてはいけないから、現金が必要になった。それは、今までとは違う種類の苦労なんだと、そのころ言っていました。つまり、自分たちが食べる作物を減らして、商品作物になるトウガラシとか野菜とかの栽培を増やすわけです。それから自分が歳をとってきたから、後を継ぐ娘のことを考えなくてはならない。その娘さんに生まれたばかりのお孫さんに会いました？

田中：ええ。

辻　：孫ができて、さぞかしドルジおじさんと奥さんは幸せだと思います。でも、娘が農業を継ぐというところでひとつ問題が起こるわけです。娘には自分がやってきたような重労働をさせられないからと、機械化を進めたわけです。

田中：はい、機械が導入されていましたね。

辻　：そして、化学肥料、農薬も増やした。あそこはパロの町から近くて、交通の便もいいから、なんでも簡単に手に入るんです。

田中：車もありましたね。馬がいるけど、今は車を使っていると言っていました。

辻　：車があるのを見てぼくもびっくりしたんです。その半年前にはなかった。しかも家の前まで車道が来ていた。こんなふうに、どんどんそっちの方向に行くにつれて、自給率も下がってきたわけです。

田中：そうすると、自立をめざしている政府の方針はどうなるんでしょうか？

辻　：うーむ、まさにそこが問題なんですね。ブータン全体をみていると、西部の交通の便がいいところは、除草剤ぐらいまではもう普通に使っているんですよ。ブータンには早い時期から西岡京二さんという方が住みついて、近代的な農業への転換を指導していた。その流れがあって日本はかなりブータンの農業の機械化に貢献してきたはずです。棚田《たなだ》の整備などにも西岡さんの力は大きかったようで、ブータンでは高い評価を受けてきた。しかし、その西岡さんが亡くなられてしばらくたった今、そろそろ総合的な再評価が必要だという気がするんです。田畑の整理は機械化と切り離すことができませんし、それはまた化学肥料や農薬の使用ともつながっているはずです。

最近もドルジさんと話したんですが、彼は今でも西岡さんのことを尊敬しています。ありがたかった、という。一方で、最近ブータン政府は「全土オーガニック化」という政策を打ちだした。すでにガサ県をモデル県として一〇年以上前からそちらに向けて動いてきたわけで、とても先見の明《めい》があると思います。ガサにも行ってきましたが、完全無農薬、無化学肥料なんですよ。

田中：ということは、全体としてはそちらの方向を向いている？

辻　：向いています。ぼくが会った他の県の知事たちもそっちをめざすんだと言っています。で、ドルジおじさんにそのことを訊いたら、去年くらいからその話は聞いている、と答えました。でも、同じ政府が農薬や化学肥料が必要という農民には、ちゃんと出している。矛盾しているといえばいえる。

田中：配っているわけですよね。

辻　：ええ。政府がやっていて、私企業ではないようです。だから、今のうちなら止められるんじゃないかな、と。農薬や化学肥料を配ってきたのも国で。それを止めようよ、というのも国。日本の原発でも、これまで推進してきた国が、やっぱり止めようと言えればいいんだけど(笑)。

田中：じゃあ、やめられますよ。私、ベトナムにずいぶん前にいったとき、農村に入って驚いたのは、列をつくって化学肥料をもらっていたんです。やっぱり政府が配っているんですよね。アジア中にいったんは広まりました。今でも使っているところ、そうとうありますよね。中国も。

辻　：ただブータンでは、遺伝子組み換えには厳しい批判があります。そういう意味では、他の国に比べれば状況はまだいい。ドルジおじさんは、「国王がそう言ったら、自分は従う」と言います。「オーガニックになって心配はないの？」と聞いたら、「収量のことは心配だけど、指導部が選ぶ方法なら理由があるだろうから、少し苦労があっても、みんなでそれをやろうという気持ちでいる」と。

そうそう、この前学生たちを連れてドルジおじさんの家にいったとき、こんなことがありました。食料倉庫に卵が積みあがっていたんですよ。たしか、鶏が一〇〇羽以上いて、一日に七〇個くらい産む。それでぼくがドルジに「これを人数分茹《ゆ》でてくれ。食べさせたいから」と言ったんです。ぼくらはそういうことが気楽に言える仲なんです。ところが通訳が「これを人数分買いたいと言ってる」と訳したから、機嫌をそこねてしまった。彼はムッとした顔をして、「あなたが食べられるなら、ここにある卵全部だって喜んであげる」と言ったんです。ぼくが「買いたい」という水臭い言葉を使ったと思って、彼はおもしろくなかったわけです。なにせ、ドルジおじさんは、ぼくに、「おまえのためなら家もやる、女房もつけて」、と言うくらいだから（笑）。

田中：そうすると、現金が必要だという状況の中で換金作物をつくるようになったけれども、やっぱり自分が持っているすべてのものがお金に換算されるとは思ってないということですね。

辻　：そうなんです。それに対する反発がある。まるで江戸時代の落語のようにね。

田中：恥ずかしさですよね。お金のことを考えることの後ろめたさとかが残っているんですね。

辻　：ええ、昔の日本人にはあったなと思う、こういう「お金じゃないだろう」という気持ち。

田中：そうですか。だったら自立が、GNHと両輪のようにしてすすんでいくという方針は揺らがないとして、ただ収量の問題と、農薬とか肥料についての問題がある。あと電力ですね。水力発電をやっているけれど、どのくらいまで増やすのか。ある程度、生活を豊かにするという意味で、彼ら自身も「しかたがない」というような表現を使っていました。

辻　：その「しかたがない」というのが、どっち側に働くか、ですね。一方では、子どもたちを学校に入れて留学させる。彼らが学んでくるのは経済合理主義ですから、それがじわじわと迫ってくる。ドルジおじさんの世代まではよくても、その次の世代になると歯止めが利かなくなって、経済合理主義だけで動いていくという、非常に危うい未来もみえるわけです。

田中：それにインドから輸入していたら、国内をオーガニック化しても違うものが入ってきてしまう。

辻　：そうなんです。ぼくもそれを非常に心配しているんですが、全土オーガニック化というのは、一方にはたしかに虫も草も殺さない、農薬を使わないから人々の健康にとってもいいといった仏教的でエコロジカルな側面があるのも事実です。でも他方では、ブータンの無農薬農作物を国際的なブランドにしていく、というしたたかな経済戦略があると思いますね。GNHもある意味ブランドなんです。ブータンはそういうの、うまいんですよ。

田中：ああ、「ブータンと言えばオーガニック！」というようなことですね。

辻　：そうそう。中国の中間層やインドの中間層が、オーガニック食品に殺到することを知っている。でも、それが輸出戦略だと考えると、じゃあ、庶民は何を食べるのか、が問題です。すると、インドから安い食品を輸入する。農民と話すとみんな言いますよ、「インドのものには到底かなわない」って。

田中：インドの野菜は化学肥料づけでしょうね。

辻　：もちろん。遺伝子組み換えだってあるでしょう。お米だって輸入しているんだから。

田中：え、お米も輸入しているんですか？

辻　：ええ、お米はもう自給できていないですよ。しかも、ブータンの赤米はもう古臭いという考えさえあって、インド産の白米のほうがいいという感覚さえある。りんごも豊富ですが、採れる季節は輸出して、採れない季節にはインドから輸入している。唐辛子もそうなんです。

田中：唐辛子は名産なのに。

辻　：ただ、これについてはさすがブータン人はうるさくて、インドのとブータンのではぜんぜん味が違う、インドのはただ辛いだけだと(笑)。加工用はともかく、見ただけでこれはインドのだって、誰でもわかるみたいです。安いですしね。

田中：じゃあ、本当はブータンのほうがおいしいと思っているのに、安いから仕入れるんですね。

辻　：そうです。優子さんにも行っていただいたイェビサ村は有機農業に少しずつ戻っている村ですが、とくに唐辛子はオーガニックになっているようで、昔ながらのつくり方が復活しています。そういう農民はやはり誇り高いです。

田中：肥料に、牛の糞と藁《わら》と泥を混ぜて発酵させているのを見ました。

辻　：それでも市場に出すと、オーガニックという価値が知れ渡っていないから、他のものと同じように並べられてしまいます。

田中：ちょっともったいないですね。

辻　：ええ、でも、彼らはそんなもんだと思っている。オーガニックを気張ってやっているというより、昔からのやり方がやっぱりいちばんいいし、うまいんだよ、というわけですね。

田中：オーガニックって、誰かががんばってやっても、なかなかうまくいかないでしょう。たとえば、静岡のお茶農家は斜面を利用するので、下のほうでオーガニックやってもダメなんです。上から農薬が流れてきちゃうから。斎藤さんという、完全オーガニックのお茶をつくる方がいらっしゃるのですが、いちばん上に畑をつくっています。そういう人たちが一部にいても、市場に流れている大半はオーガニックではありません。そういう難しさがありますね。だから、輸出入のことを考えると、全世界がオーガニックにならないと本当のオーガニックとは言えないんじゃないでしょうか。水だってどこかで合流してしまうわけですし。

辻　：オーガニックを一生懸命やりながら、片方で原発を動かして汚染を広げているというのも、それ自体がおかしな話ですよね。福島県には有機、無農薬、自然農を含めて、日本の中でもオーガニックの最先端といえるものが集まっていたのに、原発事故がいったん起こったらすべてゼロに戻ってしまった。そういう意味では、社会のシステム全体が問われているということですね。

医療というシステムをどう見るか

田中：あと、伝統医療のことがおもしろかったです。

辻　：首都のティンプーにある伝統医療院に行きましたよね。

田中：ええ、日本と比べると、あきれるほど日本はひどいと思いました。『大往生したけりゃ医療とかかわるな』（中村仁一、幻冬舎新書）という本があります。著者は養護老人ホームの医師です。医者の世界は大学病院からはじまって大きな病院、中くらい、小さい病院の医者、町医者、最後は養護老人ホームの医者というカースト制のようなものがあり、自分の立場ならなんでも書ける、と。なんでもというのは、ガンがいちばんいい死に方で、それも治療をしない場合だというのです。なぜかというと、人が死ぬときには本来痛みがないのではないか、それは麻酔作用のあるエンドルフィンが出るからで、その痛みへの恐怖でいろいろな手をうつのだけれど、そもそもそれは必要ないのではないかといいま

首都ティンプーにある伝統治療院の薬局。薬を待ちながらマニ車を回す人もいる

ティンプーの小学校を訪ねる

す。ガンは歳を取ると当り前にでてくる現象であるのに、医者が抗ガン治療とかして苦しめて、静かに、穏やかに死んでいくことを妨げている、ということです。そして医療には莫大なお金が使われています。東洋医学がいいのか西洋医学がいいのかという話ではなく、それこそシステムの問題なんだろうなって思いました。ある医療の体制ができてしまうと、そこに利益の体制、仕組みができて、すべてをお金に換算していく。それが保険と結びついて、海外からの保険会社まで入ってきて利益をむさぼろうとする。その中にいる私たちは病気になったら、自分の身体がどうなっているのかわからなくなってしまいます。とにかく医者に行くようになっていますから。医者に調べてもらって、病名をつけてもらわないとだめなんですね。病名がつくと、薬がでて、治療がある。そのことで、もう自分の身体がどうなっているのか関心を払わなくてすむわけです。最終的には自分で死に場所も死に方も選べない。人間というものは、最後は食べられなくなって餓死するのが自然らしいですよ。病気であろうが老衰であろうが、だんだん食べられなくなって死ぬのが穏やかなのだそうです。

辻：インドにも、仏教にもその考え方がありますね。

田中：本を書いたお医者さんは、仏教の勉強もなさったようですよ。最近では、死を考える会をつくって、お棺を用意してお棺の中に入ってみるんですって。お棺の中に入ったときに何を感じるかとか、普段から自分の死を考えてみるということです。余命半年と言われて、やり残したことを思ってばたばたする人がいるけれども、いつでもやり残したことをやっていればいいんだと。日本では、高齢者が最後には病院に入って、管をたくさんつけられて死にますね。

そういうことを考えると、伝統治療院の存在は非常に価値があると思います。ブータンでとくに驚いたのは、図で示されていましたが、脈をとって、話を聞いて、どういう風に生活すればいいかを指導して、それでもだめだったら治療するという順序です。なるほど、人には自然治癒力があるからそれを助ける医療なんだろうと思ったんです。行く前は、化学薬と生薬ということが大きな違いかと思っていたのですが、そうではなくて、人間の自然治癒力を中心に置いた医療なんだと思いました。

辻：浦河べてるの家（一九八四年に設立された北海道浦河町にある精神障害等をかかえた当事者の地域活動拠点）の川村医師を思い出します。彼は「何もしない医者、何もできない医者」を自称している。こういうお医者さんのほうが、信頼できるような気がする。

ぼくは、海外に学生たちを連れていくことが多いんですけれど、学生たちの生態はおもしろくて、へたするとフィールドワークより、学生を観察するほうが興味深かったりして（笑）。身体に関しては、ますます危機的になっています。若者たちは弱くて、すぐ体調がおかしくなる。ほとんどの子が大量の薬をもって旅にくるのにはいつも驚かされます。自然治癒力なんてコンセプトとして存在しない。ヒマラヤのような場所で起こるのは、便秘気味になって、それでも食べ続けると下痢になって止まらなくなる。そのときにどうするかなんですが、ラダックで長く暮らしたヘレナはぼくに「私は、何十年もかけて下痢の直し方を突きとめたのよ」と言ったことがある。結論は、「水分と塩だけ補給して何も食べないこと」。ぼくの結論も同じです。

田中：何も食べない。わかりやすいですね（笑）。

辻：でも、それが若者にはなかなかできない。それは、「食べない」ということへの根強い恐怖があるからだと思う。一食でも抜くと大変なことが起こるというイメージをもってしまっている。飽食の時代なのに、不思議といえば不思議なんですが。「肉がいちばんの栄養」みたいな感覚もいまだに強いですね。ポール・マッカートニーたちが「ミートフリー・マンデー」という、月曜日だけは肉を食べないことにしようというキャンペーンをやったけど、週に一回でも肉や魚をやめることができないという感覚がありますよね。ぼくが見たところでは、病気になるのはたいがい食べ過ぎ、飲み過ぎの後ですね。「先生はなんで病気にならないのか」と、学生たちに訊かれるんです。つまり、病気になるほうがふつうになってる。ぼくはとくに旅先では少食ですし、ちょっと食べすぎたな、と思うと、翌日プチ断食をしたりします。そしておなかが空いてるっていう感覚を大事にします。でもそう言っても、若者たちにはその空腹というのがわからないんだと思うんですよ。

田中：おなかがすいてるから食べるわけではない？

辻　：ええ。「おなかすいた」とはよく言うけど、いわゆる身体的な感覚というんじゃなくて、もっと心理的なものだと思う。それから、「食べないといけない」とか、「栄養を十分にとらないといけない」という強迫観念がある。この印象は、ぼくが七〇年代から八〇年代にかけてアメリカで暮らしたときに感じたのと似ているんですよ。拒食症などの摂食障害がものすごく多かったし、食によるアレルギー疾患も、それとは別に偏食も。それと似たことは日本でも進行してきていて、学生たちの食べ方を見ていると、「これは異文化だ」って思っちゃう(笑)。

田中：異文化。そう感じることは私もあります。それは味覚のちがいですね。甘いものに対する味覚が崩壊しているかもしれないと思う。お酒を呑みにいっても、とにかく甘いものをほしがる。甘いお酒を飲み続けたりする。たぶん味覚も変わってきているのだと思います。

辻：さて、話を戻しますが、ブータンには伝統的な医療の考え方がまだまだ残っているし、政府もそれをかなり意識的に保っている、というのは事実だと思います。近代医療の病院と伝統医療の病院が、少なくとも形の上では並び立つようにしていますね。そしてそこで働く人たちにも近代医療と伝統医療が平等なんだという感覚があり、制度的にも一応そうなっている。患者は、自分でどちらの病院にかかるかを選べます。病院に行くと、これならまずは伝統医療にかかりなさい、というアドバイスをもらうこともよくあるそうです。

田中：医者がそう言えるのってすごいですよね。

辻：ええ、逆に、伝統医療に行ったら、いや、これは西洋医療に見てもらったほうがいい、ということもあるそうです。ところで、江戸時代の医療がどんなふうだったか教えてください。

田中：まず病院がありません。医者はだいたい町医者で、町医者がそれほど多くはない。どちらかというと、「養生《ようじょう》」という考え方が発達しています。養生とは病気にならない方法なんですね。それはまさに生活指導で、こういうことをすると病気になるからやめましょう、という言説を集めて本にしている。そう言われればそうだな、と思いながら自分の身体を観察する習慣がつくと、あんまり医者はいらないのかなという気がしてきます。

辻：なるほど。高齢化で医療費三八兆円なんていうとんでもないところまできてしまったわけで、根本的に医療の意味そのものを見直そうという議論がもっともっと活発に起こらなければならないはずですが、医療も原発みたいに歯どめがきかずに、行き着くところまで行ってしまうのかなあ。

田中：行くでしょうね。そんな感じがします。私は、病院には行くまいと思っています。

辻　：え。ほんとですか？

田中：だいたい守っています。「私を救急車で運ばないでください」と書いて身につけておいたほうがよいと、中村先生も書いていますよ。救急車に乗せられたら治療されほうだいだから。

辻　：ああ、なるほど、なるほど。最近、ぼくの友人が研究しているのが、医療被曝です。日本ほどエックス線を平気にとるそんな国はないそうです。ＣＴスキャンもどんどんとるでしょう？

田中：とられるほうも好んでしている感じもします。

辻　：ああいう高価な機械を買えば、撮り続けなきゃ採算があわないわけで、そういうことが医療の仕組みの問題になっている。「核の平和利用」じゃないけど、医療でもそういう仕組みをかかえたまま、脱原発と言っても弱いなあと思うんです。

田中：そうか、レントゲンも核の平和利用ですね。

辻　：３・11で、自分たちがシステムにいかに依存しているか、がんじがらめにされて身動きとれなくなっているかということを思い知らされたはずでしょ。医療についても同じことが言えそうです。そういうシステム全面依存状態で、果たして民主主義とは何なのか、と思わざるをえない。

田中：たとえば、食べ物はコンビニとかスーパーにあって、着るものはデパートにある。そういうことになっちゃっていれば、ちょっとおかしくなれば医者に行って面倒をみてもらうのは当然のこと。そういう仕組みにべったりはまっていますよね。これをどうやって取り払っていくかというのは、戦略的に考えるしかないんじゃないかって思うんです。

辻：そういえば、ブータンの帰りに学生たちとタイに寄った。その日の夕食はある方の家に招待されて、最高のベジタリアンのタイ料理をいただいて、学生たちもおいしい、おいしいとたらふく食べて満足していた。いや、ほんとうにおいしい料理ばかりでした。ところが、飛行機に乗ったとたん、ジャンクフードのサンドイッチが出てきたら、ペロッとたいらげてしまう。無料だからとアルコールもどんどんもらったりして。そしてウトウトしたと思ったら、二、三時間で起こされて「おかゆにしますか？　オムレツにしますか？」って。学生たちはみんな「オムレツ！」(笑)。

田中：よくわかります。

辻：ぼくなんかから見ると、嬉々として拷問を受けているみたいな感じでしたが。これが快楽だとしたら、あまりに寂しいなって。もうひとつ、ブータンの伝統治療院の話ですが、まず真ん中に大きなマニ車が置いてあります(143頁参照)。伝統医療学校が入っている建物のいちばん上の階にはお寺がある。こんなふうに祈りや礼拝の場所があるわけです。医療というのは、心を癒し、治し、心と魂と身体のバランスを取り戻すということだという考えが、ちゃんと表現されているわけですね。大きなマニ車を回すと、澄んだ音がチリーン、チリーンとする。それに比べて日本の病院は、殺風景で殺伐とした感じがします。ぼくもおかげさまであまり縁がないんですが。

田中：ブータンでは瞑想《めいそう》が大事にされていますね。伝統文化を国が大事にしている中に、瞑想が入っています。日本では考えられないですよね、政府の言葉の中に「メディテーション」があるということが。これっていいですね。

老いと死を考える

辻　：さっきの話で、お棺に入ってみるというのもいいなあと思いました。ここ善了寺でぼくらはカフェ・デラ・テラという活動を展開していますが、そのひとつである「スローデス・カフェ」というのを思い出しました。「スローデス」の「デス」は死です。つまり、死にしっかり向き合うような文化をここから創っていきたいな、と。そのプログラムのひとつとして、「ダンス・アローン」といって、死んだ人といっしょに踊るということをしてみているんです。スティングが歌った「They Dance Alone」という曲をバックに流して。

田中：それは、実際に女性たちが踊った、その情景を歌にしているのですよね。

辻　：ええ。チリのアジェンデ政権が倒されて、ピノチェト政権が多くの男たちを拉致し、殺したとき、女性たちは道にでて踊ることで抗議の意思表示をしました。女性たちはひとりで踊っているように見えるけど、じつは殺されたり、行方不明になったりしている恋人や夫といっしょに踊っているわけです。それをスティングが歌って世界に知らせた。このアイディアをまねて、ぼくたちも亡くなった大事な人といっしょに踊るわけです。若者には身近で人が亡くなった経験がない者もいるので、犬でも猫でもいいんです。学生のひとりは、犬の前脚をとるように少し屈《かが》んで踊っていた。ぼくは死んだ母親と踊ったんですけど、感じるんですよ。母親の手のぬくもりまでね。泣いている人もいました。でもすごくいい気分なんですよ。人類学の授業でも、死の話をすると、きまって若者たちは乗ってきますね。社会全体は死を隠そうとしているけれど、学生たちは本能的に死の話に触れたいと思っている。それから考えても、お棺に入るという経験は、不思議に安心するんじゃないかなと思って。

田中：ええ、そうなんです。とても気持ちがいいらしい。自分の生活の中に死の瞬間をおいて、そこに向かってどうやって生きるかっていう、そのイメージが湧いてくるんでしょうね。私、それはとても大事なことだと思う。私の祖母は家で亡くなりましたが、家族が家で亡くなると非常に鮮明に覚えているものです。あの部屋で、あんなふうにして、亡くなったと。家族一人ひとりが亡くなっていく情景と、自分が死んでいくことの間につながりができます。人はそうやって人を送っていたはずなんですよ。病院で苦しんで死ぬ人ばかりを見れば、死は恐怖ですよね。自分との結びつきもないし。死をどうやって社会の、自分たちの生活の中に取り戻していくかということは、生き方に影響を与える大事なことだと思います。

辻：同感です。ポスト3・11という、これからの時代を考えると、老いる、死ぬ、自分の身体と向き合うということは決定的に重要な気がしますね。とくに原発であゝいう事態を引き起こした底には、死なない気でいる、という妙な精神状態があったのではないかと思えます。いつまでも自分だけは死なないんじゃないかという幻想。無限の経済成長と自分とを並列してしまうような感覚です。

田中：ブータンのお年寄りはみんな家族と暮らしているんですか？

辻　：老人ホームはまだないようですね。でも、前回行ったとき、友だちのペマが、やはりティンプーのような都会での高齢化の問題を感じていて、老人ホームが必要だと言っていました。だから、ブータン初のハッピーな老人ホームをつくりたいと言うんですよ。今回、どうなったかを聞いてみたら、すでに政府のプロジェクトとしてはじまっているようです。

田中：ということは、一人暮らしの老人が増えているのですか？

辻　：増えていますね。子どもたちが都会に出てしまって、親の面倒をみきれない。共稼ぎの夫婦も増えて、家でも老人の居場所がないとか、コミュニティのサポートも行き届かないとか、そういうケースがどんどん増えている。これって他の国々がたどってきた道筋に急速に追いついてきているということですね。でも、ブータンの人が、たとえば海外に出ていって最初に気づくのは、まさにそのことなんです。ほかの場所がいかに裕福で、便利で、いいものがたくさんあったとしても、安心して老いて死んでいけるのかと疑問に感じる。やっぱり大事なのはGNHなんだっていう感覚があるわけですよ。他の第三世界の若者が、いったん外国に出ると帰らない場合が多いけれど、ブータンの若者はまだまだ帰国するのがほとんどです。それはやっぱり、ここにはアメリカや日本にあるようなものはないけど、逆にアメリカや日本にない大切なものがある、という実感をもっているからでしょうね。

田中：現状としては、コミュニティや家族が、老人を支えている状況であるということですよね？

辻　：ええ。親族関係がまだまだしっかりあって、とくに東部の奥のほうはつながりがとくに強いようです。人類学でいう「交差いとこ婚」もいまだにあります。政府はそれをしないようにと指導しているらしいんだけど、まだ根強い。「きょうだい」と呼ぶ人たちがとにかく多いんです。東部から出てきた人たちは、一般的な表向きの社会とは別に自分のコミュニティをしっかりもっています。公用語のゾンカとは言語も全く違うし、まるで国の中のもうひとつの国のようです。

田中：故郷を離れてでてきた人たちのネットワークが、それぞれの都会の中であるんですね？

辻　：ええ。東部と西部の関係をいうと長くなるので、単純化していえば、東部の人たちは先住民で、もともと自分たちがいたところにチベット系の人たちが入ってきたという感覚をもっている。

田中：日本と似ていますね。縄文人がいたところに弥生人が入ってきたみたいな。

辻　：ネットワークがあって、儀礼が継承されていて、子どもが産まれればみんなで育てて、そして老いて死んでいくという人生のプロセスが、断絶しないで残っています。

田中：GNHって、そのことが基盤になっているのではないかと私は思うんです。人の幸せがそこにあることがわかっているから、それを崩壊させない方法を考えたということです。先進国的なやり方をしてしまえば崩壊するのはわかっています。でも、委員会の方もおっしゃっていましたが、それが危なくなっているということでした。コミュニティの九つの柱、コミュニティのバイタリティがくずれつつあると言ってらしたんですよ。

辻　：そうでしたね。

田中：ただし、政府がＧＮＨの大事な柱としてコミュニティを入れているのはやはりよくわかっているな、と思わせますね。実際、ブータン人にとってかなり大事な精神的な核になるものだと思うんです。じゃあ、どうして壊れていくのかというと、まず第一の問題は都市化ですよね。都市化の規模が大きくなっていくと、ほころびがでてきて、いつか崩壊してしまうんでしょうね。

コミュニティとは土台

田中：コミュニティって本来は生産共同体だから、その生産共同体としての役割が終わってしまったときに、コミュニティが必要なくなってしまう。けれども、人間はコミュニティを持ち続けますね。家族も含めたコミュニティが、まさに幸せの基本だとすると、やっぱり保っていかなくてはならない。そこが「伝統的な柱」とブータンがうたっているところだと思うんですよ。じゃあ、なぜ民族衣装を着るのか、なぜ伝統料理が大事かというモノの単位で考えていくとわからなくなる。一つひとつはなくてもいいじゃないかという話になるけれど、おそらく、その一つひとつがぜんぶコミュニティと関わっているわけなんです。祭りなんかとくにそうですよね。

辻　：本当にその通りだと思います。ＧＮＨ委員会（幸福の省とも呼ばれる）が示した四つの柱の下に、九つの指標があり、それにコミュニティが入っている。調べてみると、田舎のほうが強くて、都会のほうにいくとコミュニティの力が弱くなってくることが指摘されている。さらにぼくなりの観察でいえば、東部から都会に来ている人たちの満足度、幸せ度のほうが、西部の人たちよりも高い。

田中：それはつまり、同じ都会の中でも違いが出てきちゃうんですね。

辻　：そうなんです。つまり、コミュニティを持ちこんでいるから。ぼくは博士論文で「難民・移民コミュニティ」をとりあげたんですが、たとえば、ユダヤ人は非常におもしろいコミュニティをつくります。ポータブルなコミュニティと言ってもいい。

田中：どこにいってもコミュニティをつくるという。

辻　：そう、一〇人集まるともう「ミンヤン」と言われる礼拝の場が成立して、つまりコミュニティなんです。どこへ移動していっても、そのミンヤンを基にして、コミュニティをつくり、そこをひとつのふるさとにつくり変えていってしまう。

田中：私は生産共同体とばかり考えていたけれども、必ずしもそれだけじゃなくて、精神的な共同体もあるんですね。

辻　：あると思いますね。ぼくがペマに「今度こういう人に会いたいから探しておいてね」とたのむと、彼が連れてくるのはほとんどいつも東部の人。彼は自分のネットワークを通じて人を探す。仕事仲間もたいがい親戚とか、親戚の知り合いとか。そういうビジネスのスタイルが普通なんです。

田中：ということは、個人の中に根がちゃんとあるということなんですね。それがもう日本ではないですよね。たぶん、ある時代まではあったでしょうけれど。

辻　：急速に親戚なんかとの関係が薄れて核家族化したことは、日本では一時期は称揚《しょうよう》されて、「やっと我々も西洋人並になってきた」なんて感覚がありましたね。アメリカのことで日本が気づかないのは、「離婚が多くて大変な社会だね」と言うけれど、離婚後の家族づきあいが密で、それはそれで一種のコミュニティをつくっていることです。

田中：いっしょに食事したり。

辻　：あれはやっぱりアメリカを支えている非常に重要なところなんでしょうね。それをみても日本人のアメリカ化がいかに表面的かわかります。たとえば、アメリカでは重要なのに、日本にまだないのが「ステップ」という言葉。

田中：ステップマザーとか、ステップブラザーとか、義理の関係ですね。

辻　：あれはすごい仕組みなんです。離婚と結婚をくり返していると当然ながら、新しい親族関係が増えていく。各人の周りに、ステップとしてつながっているかなり大きな集団がいるわけです。日本では離婚は増加しているけれど、人間のつながりは希薄になるばかりで、増えているようには見えない。

田中：そうですね。でも、今回の震災で東北では、避難をするときに親戚に身を寄せたという話が多かったですね。やっぱり、そういうつながりが支えていくんだろうなと思いますよね。とくに福島から避難して、その先で何々町の人たちが集まったり、連絡をとりあったりしている。

辻　：とくに沖縄には移民が多くて、「世界うちなんちゅー大会」とかやっている。沖縄の人にとってはオリンピックよりすごいイベントだって。

田中：琉球王朝衣装の研究をしている学生を知っています。彼女は沖縄からアメリカのハワイへ集団移住した家の子どもなんです。日本に帰国したときに生まれたから日本人なんだけど、父親はアメリカ国籍だからアメリカ国籍も持っている。研究課題がなぜ琉球王朝の衣装になったかというと、家系図からなんです。だいたい移住した沖縄人はみんな家系図をもっていて、その家系図は必ずどこかで王家とつながっている。

辻　：なんか、日系人を調査しているときにも、もともとは藤原氏だったという人がやたらと多かったけど、そういう話と似てるなあ（笑）。

田中：家族は、沖縄の琉球王家が何をしていたのか知らないから、私がそれを調べて、親族みんなに教えてあげる立場になりたいというんです。私はびっくりしました。

辻　：いまどき、すごいモチベーションの置き所ですね。

田中：これが沖縄コミュニティかあ、と思いましたけれどもね。

辻　：なるほど。これからの時代に、ぼくらが近代化の中で切り捨ててきたような地縁血縁を含めて、あたらしいコミュニティづくり、ネットワークづくりがどんどん重要になってくる可能性がありますね。

田中：おそらく、今まで意識の中で切り捨てたり、生活の中で切り捨てたりしていたけれども、現実にはそのつながりがどこかにあって、ゼロになっているわけではないのです。だから、それをもう一度思い出したり、現実にたどったりするなかで関わるのは、割と大事なことかもしれませんね。

辻　：ブータンでも彼らの安心を支えているのはコミュニティなんだろうと思います。数年前、ペマと学生たちとの討論会で、ある学生が「あなたはGNHなんていうけど、ビジネスマンとして結局は利潤を追求しているんでしょ?」と挑発したことがある。彼はちょっと怒ったような感じで、「きみたちの考えているビジネスとは違う」と言うんです。「どう違うの?」と聞くと、「自分が金を稼ぐのは、自分が生まれ育った村のためだ」と言う。村にはお寺があって、その寺の屋根を葺《ふ》くために儲けを送っている、これが自分のビジネスの目的だというんです。寺は形をもったものですけど、じつは寺に連なる地域、親族と自分の人生とが、分かちがたく結びあっているわけです。

田中:まさに安心感と結びついているのですね。

辻　:ブータンでは、急速にかつてのコミュニティに亀裂が入りつつあって、世代交代とともに非常に危ういところにあるのは事実だと思いますが、同時に、そういうぼくたちからするとビックリするように強固なコミュニティのつながりがまだまだ残っているのも事実です。

時間のつかい方

田中:GNH委員会のプレゼンテーションでは、話して下さった方が、国の指標の中に「心の福祉」「時間の使い方」「文化的多様性」「コミュニティ」を挙げているところは他国にありません、とおっしゃったのが印象的でした。健康、教育、エコロジー、グッド・ガバナンス等はあっても、この四つを指標としてとり上げているのは、確かにブータン独自です。その中で私がいちばん驚いたのは「時間の使い方」です。日本の政府が、「時間の使い方に留意して幸せになりましょう」などと気の利いたことを言うわけはありません。これは時間配分のバランスということだと思うのですが、すごいですね。具体的にここで言われている「時間の使い方」とは何なんでしょう？

辻　：それはまさにスローライフの話になりますね。まず、時間という概念そのものへの一種の疑念だと思うんです。一日が二四時間と決まっていて、それをどうやって割り振るかという問題もさることながら、さっきも触れましたが、ブータンにはBST（ブータン・ストレッチャブル・タイム）があって、時間が伸縮可能なんです。今この時間が楽しいから、予定はあるけど、後ろにのばしちゃおう、ということです。でも、ペマが何度も何度も遅れてきて、「BSTだから」とか言われると、ぼくはやっぱりむっとする。するとペマは、「今までいろいろやってきて、全部うまくいったじゃないか？」と思い出させてくれるわけですよ。考えてみたらまあそうだった、じゃ、許すかって(笑)。

人類学の中に「経済人類学」というのがあって、基本にあるのは現代の経済学への批判です。経済学というのは、時間をストレッチャブルでない、非常に硬直した計測可能なものとして置いているわけです。均一で直線的な時間ですね。それが概念装置の基盤にある。そのこと自体がおかしいという指摘なんです。経済が測るものは豊かさだというけど、均質で直線的な時間という概念が前提となって豊かさをみるから、すべてがおかしくなってくる。

田中：かなり基本的な問題ですね。

辻　：実際に、人類学者のかなりの人が、未開の社会で時間の過ごし方を研究しているわけです。そうすると、貧しくてかつかつの暮らしをしていると思われてきた人たちが、生産に費やしているのはたった平均三時間だけだとか、そういう例がいっぱいあるんです。それから、仕事の中身も観察してみると、仕事しながら歌を歌うし、女の人がいればちょっかいを出すし、遊んでいるんだか仕事しているのかわからないという状態(笑)。

田中：私もベトナムへ最初に行ったときに驚いたのは、午前中しか働かないこと。農作業をして、昼に帰ってくる。あ、江戸時代もこうだったのかな、と後で気がつきました。しかし時間がお金に換算されるようになった。「時給」ですね。

辻　：時は金なり、ですよね。

田中：八時間労働は、自然に合わせる農業、林業、漁業などではありえない。季節や事態によって二〇時間働くこともあれば、三時間しか働かないこともあるからです。しかしラインを動かす工場生産だと九時〜五時までになりますね。働き方が変わった今でも、その習慣が抜けていません。今では、「ワークライフバランス」という言葉が出てきましたね。働いてばっかりじゃだめだと。

辻　：ブータンでさえこの前のプレゼンテーションに「ワークライフバランス」という言葉が使われていましたよね。ビックリしました。

田中：そう、だからもしこれが「BST を守りましょう」ということならおもしろいんですけどね。

辻　：GNHコミッションの話だと、やっぱり、都会のほうが田舎より、満足度が高いかのようなことを言っていた。これはぼくの実感とちがうし、そのへん、危ういなとぼくは感じるんですけど。実際、会って話を聞いてみると、「どうして都会に出ると幸せ度が下がるんだろう」という疑問を持っている人が多いんです。ペマの意見では、その原因は「ジェラシー（嫉妬《しっと》）」だと。

田中：ああ、競争社会になるから。

辻　：そう、隣の家はローンを組んで車を買ったじゃない。なんでうちは買わないのかと、それが原因でけんかするとか、離婚するとか、昔ではありえないようなことが起こっているという。そういう生き方に巻きこまれれば、どんどん時間がなくなっていくのは当然です。かつては都会でも、男たちは仕事を早めに切り上げたら、国民的なスポーツである弓矢に興じていた。今でもよく見ますよ、平日でも午後になると今日は特別なトーナメントがあるからと、男たちが集まってくる。そういうことがしょっちゅうあるから、どこが「特別」なんだか……。海外のビジネススクールに行って、経済的合理性をたたきこまれたような若い人たちは、そういう大人たちを見て、だめだなあと思うでしょうね。

田中：怠け者だなあ、みたいな言い方になるんでしょうね。江戸時代も、朝から遊郭はやっているし、芝居小屋も開いている。常にお客さんがいて、娯楽としてにぎわっているわけです。昼間から芝居小屋に行くのは、「ちょっといってくるよ」って感じなんです。「掛け取り」といって、お客さんのところに集金しに行って、そのまま遊びにいっちゃうとかするんです。たとえば、買い食いはしちゃいけないという決まりが商家にありますが、それはしょっちゅう買い食いしているから。私たちから見て、これは仕事だろうなという時間に、自分の時間をつくっていることは明らかなんですよ。

それから、けんかが江戸時代の初期にはよく起こった。絵をみると、けんかを大勢で取り囲んで見物しているんです。誰もとめない（笑）。何時間でも見ている、というようなことも書かれています。

けんかも見世物になっちゃう。同様に大道芸も成り立つ。それは誰かが見てお金を渡すからです。そういういろんなものの存在が、江戸の人たちの時間の使い方によって存在できているんです。

今の私たちの時間の使い方では、そういうものは存在できないですよね。そうするとある程度分業して家の中で働く人と遊びに行く人とが分かれているとか、仕事が終わって夜に遊びにいくとか、固まってしまっている時間の使い方が、私たちに相当のストレスを与えている。

辻　：江戸時代は時間が固まっていない分、豊富にあった。

田中：大事なことを話し合うのに時間をかけるということもありました。離れた島からやってきて、話し合いに入って、今日結論が出なかったからってまた帰って、結論がでるまで何日も何日も話し合う。選挙という制度はそれができなくなってから出てくるわけですよね。江戸ではやむを得ない制度として「入れ札」と言ってました。話し合いの時間がたっぷりあれば、選挙なんかしなくてもものごとは決まるんです。お互い、ちゃんと納得してものごとを決められるんです。

辻　：そうか。だから、時間がある人たちの社会の民主主義と、時間がない人たちの民主主義は本質的に違うのかもしれないですね。

田中：違うと思う。ギリシャ市民の民主主義は、奴隷を働かせて実現されていましたね。時間の豊かさは、豊かさの問題の中でもかなり大事なことですね。ものについては「がまんしよう」ですんでも、時間の豊かさをつくりだすのはむずかしいです。

辻　：ぼくらは、生まれたときには何もなしに生まれてきて、死んだときも何もなしに死んでいくのだけれど、その間にいかにも何かを持っているような幻想にかられているわけです。我々が生きるってことは、時間を与えられていることなんだって考えれば、時間以上に大切なものはないわけです。

田中：しかも有限ですから。

辻　：その時間をどんどんつぎこんでお金に換えるって、考えてみればもうぜんぜん合理的じゃない。いや、ほとんど狂気の沙汰《さた》(笑)。

田中：何のために生きているのか。私、自分自身のことでもよくそう思いますね。

辻　：その果てに原発の事故もあったと考えるなら、これからは、お金を時間に戻していこうって言いたい。

田中：そうですね。ナマケモノ倶楽部の一大目標ですね。薦めていただいたマーク・ボイルの『ぼくはお金を使わないで生きることにした』を読みました。とくにおもしろかったのは、ぜんぜんお金を使わないで、みんなでパーティをやる。そうか、そういえばできるなあって思いましたね。いろんなところにいらないものがあって、集めてくるとパーティもできちゃう。でも、一つひとつのことには時間をかけてますよね。つくるところからはじめなくちゃならないから。つまり、私たちは、お金がなくても時間をかければ生きられるということを証明してくれたわけです。ということは、逆にいうと、時間を売ってお金を稼いでいる。お金を稼いで何をするのっていうと、ゆっくり休みたいから(笑)。すごく変な話ですよね。

辻　：江戸の小咄といっしょですね。働けば金持ちになれるから働けって言われるから、「じゃあ金持ちになってなんかいいことあるんですか」と訊くと、「金持ちになったら朝から寝て過ごせる」。「ああそれならもうやってます」っていうあの話ですよね。

田中：私も、この間腰痛がでて、いろいろ調べたら治療法に「安静」って書いてあるわけなんですよ(笑)。あらゆる病気は、時間をかけて、ときには安静にすれば治ってくる。自然治癒力ってそういうものですよね。病院が必要になるのは、お金を払って早く治す、すぐ熱を下げて、明日会社に行くためです。時間の問題ってやっぱりすごく重大だと思いますね。

辻　：安静か。なんか、忘れてたような言葉ですね。いわゆる未開社会がいかに労働時間が少ないかという話を、簡単に笑ってすませる人はたくさんいます。「ぜんぜん生活水準がちがうじゃない」とね。ばかにしているわけです。でもその辺からまじめに考えなおさなきゃいけないと思います。それは、言い直せば、経済というじつは非常に非合理で、そして狂っている概念を根本から考えなおす時代になったということです。ブータンには、そういうことをぼくらに思い出させてくれる要素がたくさんあると思うんです。どうですか、みんな余裕があるように感じませんでしたか？

田中：そうですね。余裕があるし、安心しているんじゃないかな、と思いましたね。農村の家をみていても、非常にきちんとしている。窓枠の装飾にしてもきれいで、一つひとつ手が入っている感じがします。中に入っても不潔感がないんですね。貧しいということと不潔ということとは違う事柄なんですよ。たとえば、木でできているから色が変わっているんだけど、きちんと手を入れればいい雰囲気がある。そういう意味で、ちゃんと時間を使っているんだろうなと思いました。でも、環境委員会の方もおっしゃっていましたが、ごみはよく目につきました。おそらく日本も一時期まではそうだったんでしょうね。捨てたら土に戻るという概念があるから、捨ててしまう。プラスチックごみの扱い方がまだわからないんでしょうね。以前はごみという概念はなかったはずですが、プラスチックごみはごみにしかならない。あれはどうにもならないですね。

宗教とコミュニティ

田中：ブータンで宗教が果たしている役割、これも非常に気になるところです。世界的にみても、コミュニティと宗教はかなり深い関係があるんじゃないかなと思うんです。NHKの取材でベトナムにいったとき、いろんな村に入ったんですが、南のほうにクメール人の村がありました。ベトナムの人たちから比べても、「あ、ここは大変貧しいんだな」と思うような村の情景だったんですが、立派なお寺があるんです。「どうしてこんなにすごいものがあるの？」と聞いたら、「みんな、ここにお金をつぎこんじゃうんです」って。それが彼らにとっての心のよりどころであり、コミュニティの根幹なのだと思いました。ベトナムに異民族のクメール人の村があるわけですし、村を守るものとして非常に重要なお寺だったのだと思います。

おそらく日本もそうだったのだろうと思うんです。社《やしろ》は屋代とも書いて、代は代理の代ですから、屋、建物がなくてもよいということです。建物があろうとなかろうと、ここには神様がいるという場所があった。その場所はコミュニティにとって大事な役割を果たしていただろうと思います。

辻　：原発の問題でいうと、ウラン鉱山は、先住民の聖地である場合が多いです。もしかして、先住民たちはさわってはならない、掘り起こしてはならないことがわかっていたのかもしれません。
田中：ところでブータンは政教一致ですよね？
辻　：かつてはそうでしたが、今は、憲法もできて、すべての宗教を保護していて宗教は自由です。
田中：政教分離、宗教の自由ということと、コミュニティを支えている信仰心、その関係はどうなっているんでしょうね。
辻　：東部の話ですけれど、あそこは一応同じチベット仏教圏で、同じ仏教を信仰していることになっているけれど、よくよく見ると、いろんな土着の世界観があるんですよ。アニミズムとか、ボン教の流れをくむような信仰が、田舎にいくほど生きているんです。
田中：シャーマンもいるという話ですね。
辻　：ええ、やはり田舎にはいます。例えばブリ村というブータン中南部のほうの村には何回か行っているんですが、そこに女性のシャーマンがいて、行くたびにぼくもそこに泊めてもらいます。村のはずれに池があって、その池が村の守り神である神様なんですが、古い言い伝えによると、ある日、きれいな女性がやってきて、とても疲れていたので、泊めてあげた。女性が出ていったあとは濡れていて、その日から村のはずれに池ができていた。つまり、そこに住み着いて池の神様になったんですね。その、神様が泊まった家の女の人たちが、代々シャーマンになって、池に出かけては神様のお告げを聞いて村に伝えるようになった。その何代目かが現在のおばさんで、何か問題が起こったような時には、

村のお祭り（チモン村）

ブリ村のシャーマンが村の守り神である池に牛乳を捧げる

神様の怒りを鎮めるために、池に牛乳をまいて、お供えをして、お祈りをする。その人の家のすぐそばには小さな寺もあるし、山の上には大きな僧院があって、全体は仏教徒なわけですが、人々の中ではそれらが共存しているわけです。

田中：その話は沖縄のノロによく似ていますね。ノロも継承されてきた。今はみんな都会に出ちゃうから継承者が少ないのだけど、時々都会から帰ってきて、「自分はノロになるべきだと思うようになった」という人がいたりするんです。だんだん高齢化はしているんですが、いなくなるってことはないんです。離島ではとくにね。ノロの生きる地域があって、ノロになるべき人がでてくるのは、相互にそうなっているんだと思いますね。こういうのは、宗教ではなくて、土地の信仰ですよね。宗教に結びついていく場合もあると思いますが。政府の方たちから宗教の話は出てなかったけれど、文化的な多様性は大事だということだったから、「仏教以外は許さない」という動きはないわけですよね？

辻　：ぼくの知るかぎりないですね。民間信仰のことは、「ああ、そういうのは昔の話ですよ」と、西部の人たちや政府の人たちは言います。でも、そういうものを無理に隠そうとしているふうではない。

田中：壊そうとすることもない？　明治維新のときに起こったようなことはないわけですね？

辻　：東部の人たちは、割とあっけらかんと「みんな仏教徒でしょ？」と聞くと、「ああ、セミ（半分）ブディストだよ」と笑って答える。

田中：そうなんですか？　一〇〇％なのかなと思ってました。

辻　：親しい人たちだからそういう言い方も出てくるんだと思いますが、「まあ一応仏教徒だけど、我々はいい加減だから」みたいな言い方をします。そのいい加減さっていうのも、アイデンティティの一部でしょうね。みんなよく言いますよ。「我々、いい加減だから」って。みんな、ストレッチャブル（伸縮自在）（笑）。

女性の地位と幸せ

田中：ブータンの女性と男性の地位にはどんな違いがあるんでしょうか？　農業人口が七〇％以上ですから、男女関係なく働いているんだと思うんです。でも、都市生活になっていくと、どうなるのかなと。赤ちゃんを連れている人をよく見かけたのですが、働きながら子育てしているんですか？

辻　：ティンプーが都会になったのはまだこの一〇年ばかりのことなので、核家族とか共稼ぎというもの自体がブータン人にとっては新しい経験なんですね。この四、五年、世界中のどの都会にもあるような問題が話題に上りはじめたという感じでしょうか。でもぼくからみると、保育施設や学校に子どもをおいて両親とも働くというパターンに、びっくりするほどスムーズに入っていったという感じがします。でも、問題はこれからだと思いますね。物価上昇、住宅問題、そして雇用不足といったちょっと前までなかった問題が山積しはじめている。アパートというコンセプトさえ、新しいんですから。

お祭りのときの印象はどうでしたか？

田中：そりゃあもう、女性が圧倒的にがんばっていました。衣装をそろえて。

辻　：着倒れ文化ですよね。まるでファッションショー。老若男女、だれもができる限りのおしゃれをする。

田中：すごいですよね。ブータンの布って、布の研究者の間では昔から有名なんです。一枚、一枚、非常に手がこんでいて、何カ月もかかって織りあげるんです。もはや家織《うちおり》、自分の家で織って自分で着るものはほとんどない感じがしました。だから、布屋さんにはたくさんの布が並んでいましたね。職人さんたちが手のこんだものを織って売っている、ということなんだろうと。だから女性たちがどんな仕事をしているのか、よくわからなかったです。

辻　：女性の印象ですけど、けっこう強そうに見えませんでしたか？

田中：ああ、強そう。媚《こ》びない強さがある。

辻　：堂々としていますね。

田中：なんというか、普通に生きている、って変な言い方ですけど、自立して生きている。自立というのは、経済的にはどうであれ、自分をもって堂々と生きているということです。

辻　：いろんな村のいろんな家を訪ねたけれど、どこもだいたい女系だと思いました。

田中：そういえば、ドルジさんの奥様が自分のおばあさんの家だと言っていましたね。

辻　：ドルジ夫妻の娘さんが家を継ぐことになって、お婿《むこ》さんをもらった。その人の仕事は先生なので、公務員として国のあちこちに赴任している。それで結婚してもずっと別居なんです。「旦那についていかないの？」って聞くと、まったくそんなことは考えたこともない、という感じでしたね。

田中：ブータン全体として、そういう考え方があるんでしょうね。いっしょにツアーに参加した人たちと家族についての質問をいくらしても、父親の話がぜんぜん出てこないんです。「父親はいないんだろうか？」とこっそり噂したりして(笑)。たとえば姪《めい》ごさんとお嬢さんといっしょに暮らしている家におじゃましたとき、父親の話題は出てこない。あんまり関心がないのかもしれない。そういう意味では、女性の一人ひとりが自立しているのかもしれません。

辻：そうか。そういう意味では、ドルジさんがぼくに「あなたがほしいなら、家に奥さんをつけてくれてやる」というのも、家と奥さんはセットになっているということだったのかも(笑)。

田中：通い婚の雰囲気がありますね。

辻：田舎にいくほどより明瞭な感じがしますね。たとえば、優子さんも行ったイェビサ村にアップ・ゲロンというおじさんがいる。あそこも女系家族なんです。彼はあの家に生まれ育ち、いっしょに住んでいるのは、彼の姉妹とその子どもたち。パートナーとはみな別れていて、一人もいないんです。

田中：先生として赴任しているのではなく、本当に別れちゃっているんですか？

辻：別れている。あるいはそもそもいっしょに住んだことすらない場合もあるかもしれない。その隣の家は三軒くらいに分かれていて、そこの主人がみんな女の人で、姉妹同士なんです。そのうちの一軒だけ明らかに夫だという人といっしょに住んでいる。それ以外は女性が主人です。ただそこにおじいさんおばあさんが同居していることが多い。女主人の両親だったり、叔父叔母だったり。マトリフォーカル（女性中心）という言葉がありますが、まさにそうなんです。その意味ではニューヨークのハーレムの黒人社会とよく似ている。黒人のスラムは女中心主義社会で、祖母、母、子どもたちがセットで暮らしていて、男は出たり入ったりするだけ。男はどこにいるかというと、「ストリート」。直訳すれば、道端でたむろしている、ということになる。

田中：働きにいってるわけではないんだ（笑）。

辻　：そう。定職は探してもないわけですから。マトリフォーカルな社会はカリブ海の島々にもよく見られます。基本的に女性が社会の中心にあって、男性がその周縁をとり巻いていて、必要なときに家族の中に入ってくるというような形ですね。それほどではないけれど、ブータンにも似た雰囲気ありますね。夫婦が別れたら、その家は女性のものになるというのは一般的です。結婚して新しく建てた家であっても、別れたら女性と子どものものになる。母子っていう単位でその家を継いでいくという考え方でしょう。今の日本では考えにくいけど。

田中：日本もずっとそうだったんですよ。日本の場合は通い婚なんですね。文学上に現れたのは『源氏物語』なんだけれども、たどっていけば母系社会だったろうと思います。中世でも、婿入り婚が目立ちます。嫁入り婚になる江戸時代でも、婿入り婚はたくさんありました。『好色一代男』（井原西鶴）の冒頭では、世之介という主人公が、六、七歳ぐらいなんですが、なぜかおばさんの家にずっといるんです。そのおばさんというのは、父方のおばさんじゃなくて、必ずこういう場合には母方のおばさんなんです。おばさんというのは、とても大事な存在で、他の西鶴の文献にも、破産した男性に「おばさんに相談したのかい？」という会話が出てきたりする。やはり母系だから、そのおばさんというのは自分のお母さんのお姉さんか妹かで、おばさんの家で過ごすとか、いっしょに暮らしている。お母さんに怒られても、おばさんが守ってくれるわけです。どうもそういう構造になっていたのではないかと思えるんですね。これは明らかに子どもを母親が自分の実家で育てる母系家族の名残です。江戸時代はまだ、夫婦別姓で、別財産制でした。男性はむしろ、金持ちの女性を狙って結婚するんですよ。能力のある男性は、それを元手にして商売を大きくしたりするんです。明治時代までそうでしたから、なんで今こんなふうな男系の社会になっちゃったんだろうと思いますね。

辻：性的な関係もかなりストレッチャブルだというのが、ブータンについてのぼくの印象ですね。イエビサ村の村長の家は、完全におかみさんがボスです。すごくパワフルな人で、酒飲んだり、朝からキンマとビンロウジュを噛んで酔っぱらっているような感じで、学生たちを連れていくと、大喜びで酒を飲ませ、猥歌でみんなを踊らせるわけですよ。これってまさに『須恵村の女たち』（ロバート・J・スミス、エラ・L・ウィスウェル、御茶の水書房。一九三〇年代熊本の山村の民族誌）の世界だなって（笑）。学生たちは歌の意味がわからないから、言われたように踊っているけど、周りの人たちは顔を赤くしたり、大笑いしたり。男性のほうが「もう、いい加減にしろよ」みたいな感じでね。

田中：女性から男性に声をかけたりするんですか？

辻：それもよくあるようです。前に話したブリ村のシャーマンの娘は、なかなか魅力的な女性なんですが、ぼくが行くたびに新しい子どもを産んでいて、でも旦那らしき人がいないんですよ。お母さんが、訊きもしないのに、「誰の子だかわかりゃしない」って。でもまったく深刻そうな感じはない。それに対して、他の村人がどうこう言うって感じもないんです。西部では、夜這《よば》いは昔話としてしかきかれ田中：ないけど、東部の奥地の村へ行くと、夜這いの習慣が今でも明らかに存在しているのが、わかります。農業は都市労働と違って生活基盤が安定しているから、子どもが生まれても育てられないとか、食べられないということがないのですね。ある家で事情があって育てられなくとも、どこかの家で育てる。たとえ長子相続でも、そこで姉妹が子どもを育てていてかまわない。親が死ぬなどしてまったくいない場合でも、結《ゆい》が組まれて養育されます。夜這いの制度で言いますと、若衆組と娘組が差配《さはい》していますから、話し合いでおこなわれています。親も知っています。結果として結婚する場合もあるし、そうならない場合もある。若者たちは、未亡人や、夫が長期に留守している婦人たちに夜這いして教わる。これも打ち合わせがあってのことです。村の外の血を入れるための、出会いの場を作る祭りもあります。

辻　：男女の出会いで一番重要な場所が祭りであり、いろんな祝いの宴だと思うんですが、そういう場所で、誰もが踊れて、歌が歌える。男も女も。これがブータン人の幸せ度の高さにも関わっていると思いますね。たとえば、ぼくが学生たちを連れて村に滞在すると、必ずピクニックやキャンプファイアーや宴会になる。するとどんどん自分たちで踊りはじめ、歌いはじめる。そしてあっという間に客である学生たちも巻きこんでしまう。日本人も、かつてはああいう力を持っていたはずですが。

田中：沖縄には残っていますね。身体が動いちゃうんでしょうね。でも、そういうのが、日本でも変質していって、近代になると庶民が武士化して非常に硬い「一夫一婦制」になり、「不倫」という言葉が現れたりする。あれは異常な言葉だと私は思うんだけれども。

辻　：いやな言葉ですよねえ。
田中：非常に秩序的で倫理的な締めつけが強くなるというのはどうしてでしょうね。先進国になるとそうなっちゃいますよね。
辻　：その一方で、ポルノグラフィが異様に繁栄する。経済効率や管理社会というのが関係するのかな。ある意味じゃあ、性もどんどんお金に換えなきゃ意味がない、というところに行きつくんでしょうか。
田中：ポルノグラフィがまさにそうですね。

男性と子育て

田中：タクツァン僧院に登ったときに、杖を配っていただいたんですけど、私がもらった杖の持ち手が男根なんです。
辻　：「ポー」ですね。
田中：家の壁にも描かれていますよね？
辻　：ええ。そこいらじゅうに、いっぱい。
田中：日本でも、かつて村の境目のところに置かれていました。魔よけなんですね。性のシンボルが魔よけになるって、全世界でかなり広くあるんじゃないかと思うんですが。インドもそうだし。
辻　：インドは、男性性器と女性性器がセットになっていたり。

田中：それが先進国になると、締めつけられていくというか、卑猥《ひわい》なものとして排除されますね。

辻　：食事休憩をとった場所に、「ポー」が家という家の壁にたくさん描かれていたでしょ。

田中：ふざけているわけじゃなくて、魔よけだから、真剣に描いている。

辻　：あそこの先にあるチミ・ラカンというお寺が、子授けで有名で、それと「ポー」信仰とが密接に関係している。チミ・ラカンには「聖なる狂人」と呼ばれるドゥッパ・キンレイという聖人が祀られています。彼は半分神話的なしかし半分は歴史的な英雄ですが、彼の性的な力によって、人々をどんどん天国に送りこむみたいな、けっこう危うい教えなんです。そういう人が今でもブータンの人々の想像力をかきたて、ヒーローとしてあり続けている。そんなふうだから、仏教にも明るく、大らかな感じがありますね。最大の祭りであるツェチュ祭では、三日かけて仏教のブータン伝来を演じます。いかに仏教文明が野蛮人を救ったかみたいな話なんだけど、そのメインストーリーの間にいろんなエピソードがあって、骸骨やら鬼やら精霊やらが現れる。また一番の人気者である道化が出てきては、じつに卑猥なことをいっぱいやるわけですよ。みんなそれが楽しみで、もちろん厳粛《げんしゅく》なほうも見ているんだけど、それが出てくると、みんな待ってましたとばかり、腹を抱えて笑って喜ぶんです。

田中：笑いということと関係あるでしょうね。日本でも春画《しゅんが》のことを「笑い絵」というふうに言うんですよ。春画そのものが魔よけだった。戦国時代にもすでに春画のようなものがあったのですが、戦争にいくときに持って行ったらしいです。それから、倉の中には火除けとしてそこに置かれた。嫁入り道具にも必ずいれた。だから、春画というのは、決して脇の商品ではなくて、生活の真ん中にあったんです

世界一大きなポケット（チモン村）

お祭りをみる女の子たち（チモン村）

ね。しかも、笑い絵と称されたっていうことは、笑いとセットになった性の力ということでしょ。性と笑いって、日本人にとっていっしょのものなんですね。深刻なものでも排除するようなものでもなくて、まさにエネルギーそのもの。ブータンの聖なる狂人みたいな存在っていうのは、巨大なエネルギー、超人的なエネルギーを表していますよね。日本でも超人的なエネルギーに「悪」と名づけました。だから悪太郎とか、名前にもつけた例があります。いわゆる善悪の悪ではなくて、エネルギーが過剰であるがために、二つの意味をもってしまう。ひとつは、我々に、つまり秩序に被害をおよぼす破壊力。もうひとつは、本当に社会にエネルギーを与えるという力。だから、まさに自然そのもの、自然エネルギーの象徴、それが悪なんです。それを治めた状態が善なんです。ですから、そういうことを考えると、私はとても理解しやすかった。

辻：なるほど。とても重要な視点ですね。

田中：ただ、欧米人観光客なんかがそういうことを分からないまま入ってきて、「あれはちょっと嫌だからどけてくれ」とか「あれはセクハラだ」とか言いだしたら、どうなっちゃうんだろう。

辻：そうか、ブータン人はどうするだろう。思えば、植民地はキリスト教の名の下に、そういうものを排除してきた歴史ですからね。

田中：裸でいるのがいちばん合理的な地域に入っていって、「裸だからけしからん！　未開人に服を着せよう」みたいな話になったわけでしょう？　とても残念ですよね。

辻：「セクハラ」ってたしかに危うい概念ですよね。

田中：「見たくないのに壁に描いてある」とね。見たくない人が見させられた場合はセクハラですから。大学でも春画の講義は、「見たくない人が見た場合はセクハラになりますから、今から見せますけど、見たくない人は教室から出ていってもいいです。欠席扱いにはしません」と言ってやるんです。出ていく学生はいませんが（笑）。アメリカでは絶対言わなきゃならないんですって。

辻：「ポー」に関していうと、やっぱり少なくなってきているんですよ。とくに多くの観光客が来るような場所では。ティンプーにもあることはあるんだけど、かなり気をつけて見ないとない。第二の町であるパロも少なくなってますね。ぼくは最初のときから注目してきたんで、わかるんです。

田中：農村にだけ残っているんですか？

辻：いや、町でもちょっと脇道にそれたり、それほど観光的じゃないところにいけばまだあるんですけど。しばらく同じガイドや運転手と回っていると、仲よしになるでしょ。最後の三日間ぐらい、彼らが休み時間の度に自分の小刀で木に何か彫っているので何かと思ったら、ぼくにプレゼントするためのポーだった。もちろん今でももらったポーは大事にしています。これは卑猥でもなんでもなく、大人の男同士の間の大事な儀礼のようなんです。

田中：魔よけだと？

辻：そうだと思います。でもなんか、ただの仲良しにあげるというより、目上の人に敬意をこめて贈るという感覚だと、ぼくには思えた。南部イタリアの男たちも、ポーのようなものをとても大事にしますね。サンゴでつくった小さなのを何人かからプレゼントしてもらったことがある。なんか、男性同士のボンディングというか、友情や団結の表現という感じでした。ぼくがブータンのポーをお返しにイタリア人の男性にあげたら、すごく感激してくれてね。

田中：それだけでものすごくおもしろい文化論ですね。『張形《はりがた》－江戸をんなの性』（河出書房新社）という本を書いたのですが、張形というのは、江戸時代のポーのことなんです。性具としての位置づけがされているんですが、今考えてみると、もしかしたら、同じような役割だったかもしれないですね。魔よけという見方も必要だったかもしれない。かなり普遍的なことですからね。

辻　：その本、ぼくもぜひ読みたいな。ぼくは常々、いよいよ女性の時代がきたなということを思っているんですが、問題は、じゃあ男性はどうなるのか、ということです。もう、二〇年以上前になりますが、ロバート・ブライというアメリカの詩人が『アイアン・ジョンの魂《こころ》』（集英社）という本のなかでそういう議論をして、欧米で話題になったことがあります。彼自身はフェミニズムに賛同し、女性解放運動にも自分なりに参加してきたけれど、フェミニズムに近い男性ほどどうも元気がなくなっていくということに気づいたというんです。自信を失って、だんだん、いわゆるアイデンティティとしての男性性が希薄になっていく、と。そこで彼は、フェミニズムが女性の男性化でないのと同様、男性の女性化でもないはずだ、と考えたわけです。でも本を書くにあたって、「これを書いたら、自分はたたかれる、フェミニストたちからも攻撃されるだろう。でも言わざるをえない」と思ったそうです。男性性をとり戻すために、古代から伝わってきた神話的な男性のイメージをもう一度喚起《かんき》する必要がある。彼がとり上げたアイアン・ジョンというのは、グリム童話の中にもでてくる「鉄のハンス」の物語です。父が息子に、いかにして「男らしい男になるか」を教える話ですが、そういうのを糧《かて》にしながら、今の時代にふさわしい新しい神話を創っていこうという発想だったと思います。

田中：男性のアイデンティティのために？　それは大変ですね（笑）。

辻　：ポーなんていうのも、もしかしたら、そういう新しい役割を担《にな》えるかもしれない（笑）。

田中：今までの神話では、男は「力」なんですよ。それが失われて、必要とされなくなったときに、新しい神話がなければ、男性は何によって生きるのかということですね。

辻　：男性がいなくても女性が幸せそうに生きています、っていうことになればなおさらね。

田中：母系制家族になっていくというのは、私は女性にとっても幸せなことだと思うんです。自分の子どもを実家で育てるのはいいと思いますね。日本みたいに、ここまで少子高齢化がすすんでしまうと、核家族ではすまない。二人の男女に四人の親たちがいるんだから。母系制家族にもどっていったら、男性は実家にいても、転々としてもいいわけです。どうですか？

辻　：うーむ、そこで重要なのは新しい男性性というより、新しい父性の発見ということでしょうか。

田中：そうですね。今までの父性といえば、家の中で偉そうにしているってことですものね。

辻　：大変だけど、ある意味、おもしろいですね。クリエイティブなプロセスですから。

田中：どう生きてもいいよ、って言われているようなもんですよね。

辻　：「草食系」というのも、言い方はどうであれ、男性の新しいアイデンティティ模索の兆しだなあと思ったりします。

田中：私の世代でさえ、たくましいのが男らしい、なんてもう思ってませんよ。やっぱり男性観が変わってきていると思いますね。

辻　：ぼくは一方では、たくましい男性にたくましい女性という組み合わせもいいと思いますが。ブータンでよくみるカップルです。

田中：両方ともそうならいいですね。

辻　：子どもの面倒を見ているお父さんたちを、ブータンではたくさん見かけます。お祭りでも、子どもを肩車して連れているお父さんがけっこういるし、東部の村では何回か、「世界一大きなポケット」と彼らは呼ぶゴ（民族衣装）の懐の中に幼い子どもを入れているお父さんの姿を見かけた（177頁参照）。カンガルーみたいに。「うわあ、すてきだなあ」と思いました。日本の男性の未来があそこにあるんじゃないかっていう気がする（笑）。でも、渡辺京二さんの『逝きし世の面影』には、江戸時代の日本も、男たちは子どもが大好きで、飽きもせずに子どもと遊んでいるという話がでてきますね。

田中：江戸時代の日記を見ても、お父さんと子どもがいっしょに釣りにいくとか、今日は神社に行ったなんていう記述がよくあります。今は、子どもが中学生ぐらいになったら、お父さんといっしょにどこかに行くなんてあまりないだろうなあ、って思うような場面でもいっしょに行っている。子どもに対して、それが男の子であろうと女の子であろうと、男たちが楽しんでいる、熱い視線を注いでいるんですね。おじいちゃんが、孫の面倒をよくみるという光景もありますしね。

辻　：何度も話にでてくる友人のペマは、この前初めて中学生と小学五年生の息子二人を連れて彼の実家のある東部のチモン村に帰ったんです。片道だけで一週間もかけて。

田中：ああ、そんなかかるんですか！

辻　：四日間車に乗って、二日間歩く。道がない山奥ですから。ぼくは前から「早く一度連れて帰ったほうがいいんじゃない？」と言っていた。ペマは、「うちの子どもたちは大丈夫、村がきっと大好きになる」と、行ったこともないのになぜか自信満々だった。で、結果は彼の言うとおり、ティンプー育ちの子どもたちは村が大好きになって、弓矢をもって小さな動物を追いかけたりしながら、自然の中を駆けまわるのが楽しくてしかたない。そしてあの村中が親族みたいな濃い世界に魅了されたんでしょうね。町ではなかなか経験できないコミュニティの感覚をたっぷり味わって。

もうひとつ、ペマから聞いたおもしろい話があります。全国民に五本の木を植えることを命令したアショカ王からの伝統らしいんですが、ブータンには「植林の日」というのがあって、全国でいっせいに木を植えるんです。休日ではないんだけれど非常に大事な日なんですね。この日に国王がペマの上の息子が通っているティンプーの学校にやってきたんです。全校生徒を前にして、国王が「みんなに質問がある」と言った。ブータンの代表的なエマダチという唐辛子とチーズを混ぜた料理があるんですが、国王はこのエマダチをつくるときに、「いちばん最後にいれる材料はなんだ？」と聞いたんです。ある生徒は「唐辛子」、別の生徒は「塩」、というふうに答えるが、国王は満足しない。そして「ほかには？」と訊くので、ペマの息子が手をあげて「love and affection, sir（愛と愛情です）」と答えた。そうしたら、国王が「すばらしい！」と感激して息子を抱擁《ほうよう》して、「みんな、聞いたかい。これこそがブータンの答えだ」と言って、自分のしていた腕時計をはずしてくれたそうです。、息子はその腕時計を大事にしまっているので、ペマが「王様にせっかくいただいたものを使わないのか？」と訊くと、「これは自分の孫にあげるためにしまっておくんだ」と。

田中：孫ですか(笑)。

辻　：ええ、それもブータン的な発想なのかもしれない。子どもが自分の孫をもつには三〇年以上はかかるでしょうから、気の長い話ですね。ともかく、ペマの子どもたちは父親の実家である奥地の村を初めて訪れてすぐにとけこめたらしいけど、日本の都会の子どもたちだったらどうでしょうね。

田中：ちゃんと体験すれば、山や林を駆けめぐるほうが楽しいってわかりますよ。

辻　：ティンプーで生まれた子たちでも、まだまだ物理的にも精神的に、また人間関係の上でも、田舎がすぐそこにあるという感覚があるのだと思います。日本だと、田舎に行くと「トイレが汚い」「土でくつがよごれる」「コンビニがない」などと拒否感をもつ子どもが多そうですよ。

ブータンのエネルギー政策

田中：エネルギーについては、私も関心をもって質問をして、答えていただいたんですが。ブータンではほとんど水力発電ですよね。川や地下に流れている水の勢いを使って発電している、という表現をしていましたが、小さい規模というのがどれくらいか、イメージがわいていないんですが。

辻　：それなりに大規模ですが、ダム式ではなくて「流れこみ式」。引いてきた水を筒状の管に落として、その勢いでタービンを回すというものです。基本的にはスイスの技術らしいです。一度、ブータンからの帰りの飛行機でスイスの技師といっしょになったことがあって、ぼくが日本から来たと言ったら、「よかったね。ブータンが日本の技術を入れないで」と、皮肉を言われたんだけど(笑)。じつはぼくもそう思っていた。ブータンの山々は急峻で、谷は日本では想像できないくらい深いんです。そんなところを日本人の技術者が見たら、ダムにしたいなあって。涎《よだれ》が出るんじゃないかなって。

田中：私も疑問なんです。日本も山がちで、山地が七〇％あると言われていますよね。なのに、どうして巨大ダムをつくらなくてはいけなかったのか。日本だって高低差を利用して、流れこみ式のダムをつくることができますよね。いくつかはあるようですが。

辻　：ダムは開発の花形で、巨大ダムは単なる技術をこえた、シンボリックな意味をもったんでしょうね。アメリカのニューディールからはじまる巨大公共事業の影響も大きかったと思うんです。

田中：では原子力と同じ構造ですね。

辻　：同じだと思います。ましてや、そのころは生態系云々を聞いたこともない、環境問題というのもまだ耳新しかった時代ですからね。

田中：『黒部の太陽』(監督／熊井啓)という映画がありましたね。「偉大なことをなしとげた」という物語でした。日本では、ダムをつくるためにいくつかの村を沈めてしまいましたよね。スイスの流れこみ式はもともとある川を使っているのでしょうね。村を沈めるなんてことはない。

辻：ただ、ブータンで危うさを感じるのは、最大の外貨収入が、インドへの電力輸出だということです。「環境に悪くないから」とやっているけれど、どこまで歯止めがきくのかはわかりません。
田中：輸出となるときりがないですものね。
辻：ガサに行ったとき、学生たちが電気料金の話を聞きました。今では体制が整いつつあって、人がきてメーターを調べて、請求書が来るそうです。振込はないから、請求書をもって役場かどこかに払いに行く。給与からいったら、決して安くない。だから人々も無駄はしてないんです。寝るときなんかは真っ暗だし、昼間から電気をつけているなんてこともない。そんなに感覚もおかしくなってはいない。でも、これからは電化製品がほしい、コンピュータがほしいとなれば、どんどん需要が増えて、しかも外貨が稼げるとなればどんどん作ろうということになるかもしれない。
田中：ドルジさんから、いつ電気が入って、どういう気持ちがしたかを聞きました。すごくうれしかったようですね。電気炊飯器がありました。
辻：そう、シャープ製！
田中：それから、カレークッカーがあると言われて、「カレークッカーて何だろう?」とみんなで台所に見に行ったら、ただのお鍋でした(笑)。圧力鍋みたいな厚手の鍋です。あと、電気で灯りがつくと、一つのことだけじゃなくて、短い時間でいくつかのことができるって言っていました。なるほど、時間の節約です。
辻：時間の節約か！　それが曲者《くせもの》ですね。電気と時間の関係。ただブータンでおもしろいと思うのは、みな電気がきたときはたしかにうれしいというんだけど、その数年後にはどうかというと関心がうすくなっているという面もある。ブリ村の人たちは、うまい料理をつくろうと思ったらやっぱりかまどだといって、また昔ながらのやり方に戻っていた。最初のうちは、かまどの煙は目に悪いから電気のおかげでやっと健康になれると言っていたのに。で、かまどが復活したら、そこに人が集まってくる。やはりかまどの周りに集まるのが一番愉しいようで。

田中：私たちもそう感じたはずですよね。電気炊飯器より釜で炊いたほうがおいしい、と。

辻　：でも、炊飯器っていうのはすごい発明にはちがいないですね。電化製品って何からはじまるのかといえば、炊飯器である場合が多い。とくにアジアはそう。

田中：ブータンには冷蔵庫はなかったですね。冷蔵庫を見たけれど、中を見せていただいたら電気が入っていなくて倉庫になっていました。

GNHの教育とは？

辻　：「教育のGNH」について話しましょうか。ぼくが、二〇一一年の五月にブータンの首相と話したとき、彼のいちばんの関心は教育だということでした。彼はこう言いました。GNHの考え方が憲法の中に入って、政府の責任を明らかにした。あとは国民自身がそれをどう自分たちのものにしていけるかだ。そこで柱になるのは次の世代のための教育だと、「教育のGNH」を呼びかけている。一昨年からはじめて、すでに成果をあげていると、いくつもの例をあげて、熱心に話してくれました。まずその首相の熱意そのものがぼくにはとても興味深かったです。

成果をたしかめるために、ぼくが話を聞いたのと同じ首相応接室に、全国あちこちの学校からの代表を招いて話を聞いているという。そのときの生徒たちの話の内容を教えてもらいましたが、なかなかおもしろかったです。一人の子は、お母さんから銀のネックレスをもらい、とてもうれしくて、毎日それをつけて学校に行っていた。でも学校でGNHについて議論をしてから、考えが変わった。自分がネックレスをすることで他の子たちはどう思っているのかと考えた。自分がそれを身につけていくと、他の子たちはうらやましく思ったりしないだろうか。自分にネックレスをくれないうちのお母さんは自分のことを愛していないのかしら、と思うかもしれない。ネックレスを買えない自分の家に劣等感を覚えるかもしれない。そう考えたその子は、ネックレスをお母さんに渡して、「私が大人になって身につけたいと思うまで預かっておいてほしい」と言ったそうです。ネックレスをつけないで学校に行ったら、すごく気分がよくて、そっちのほうが幸せだったという報告をした。こういうエピソードが首相のもとにいっぱい集まってくるというわけです。

田中：それは、こういう教科でGNHを学びました、というのとはぜんぜんちがいますね。

辻　：首相はこう言ってました。「とはいえ、生徒たちもわざわざ私をがっかりさせるような報告をもってこないだろうから、全部を真に受けて、GNH教育のプロジェクトがすべてうまくいってると言うつもりはありません。しかし、それでも私は微かな希望を見た気がするんです」と。そういう首相の謙虚さにも好感をもちました。対談はほんの一五分くらいかと思っていたら、一時間もとってくれて、とくにGNHについてはいくつもの例をだして話してくれた。そして、最後に、「GNHを価値判断の基準のひとつとして自分のうちにもっていたら、ブータンのこれからの世代はなんとかやっていけるでしょう」って。

田中：それがGNH教育なんですね？

辻：ええ、そのために政府や教育者はGNHという基準に照らして、カリキュラム構成を考え直す。たとえば、少し英語に偏りすぎていたから、もう少しゾンカ語教育に力を入れることになった。その場合、英語はたしかにグローバル化する世界での経済的な成功のためには重要だが、それに偏ると世代間の溝が広がったり、若者の都市への流出に歯止めがかからなくなったり、文化的なアイデンティティが空洞化したり、結局、幸せ度が低下することになる。国際的な知識ばかりに偏らないように、自文化や自分の地域についての理解を高めるためにカリキュラムを修正するとか、家庭との連携を強めて、定期的な幸せ度チェックに生徒だけでなくその家族も参加させるとか……。

田中：GNHを教育するのではなくって、逆に教科の一つひとつの中に、その視点が入っている、という仕組みをつくるということですね。そっちのほうがいいですね。

辻：GNHを教えこむというわけではないようです。GNHコミッションの人たちも、「GNHという基準に照らしあわせる」ということをいつも言っています。役所でもこの基準をクリアしなくちゃだめなんです。たとえば新しい条例をつくるのに、GNHに照らしてみてどうかという報告書を提出しないといけない。それをＧＮＨコミッションの人が詳しく点検して、これは失格とか、これは六〇点とかいって、差し戻したりするわけです。経済分野でも環境分野でもみんなやります。日本にも環境アセスメントというのがあるけど、それに加えて、ＧＮＨアセスメント、というわけです。始まったばかりということもあるのかもしれないけど、ＧＮＨという考え方に国をあげて真剣に取り組んでいるという感じがしますね。もちろん、こんなふうに基準をクリアしていかなければならないんだから、時間はかかるし、効率性もガタ落ちでしょう。でも、効率性＝豊かさ、豊かさ＝幸せ、みたいな単純な思いこみから脱けだすためには必要なことだと思います。

瞑想・祈り・電気との関係

田中：メディテーション（瞑想《めいそう》）について聞かせてください。メディテーションは、ＧＮＨとの関係で言うと、プナカ知事がお話ししていたように、たとえば「自分は幸せだろうか」というようなことを自分に問いかけることですか？　あるいは先ほどの子どもみたいに、「自分はいいけれども、他の人はどうなんだろう？」と考えることなのか。そういうものとは違う何かをもたらすものなのか。教育の中にメディテーションを入れたときにどういうことが起こるのでしょう？

辻　：彼らが教育におけるメディテーションの役割といったことを言うのは、仏教のお経を唱えるということに近いんだと思います。僧の修行としての瞑想というより、深く念じたり、生きとし生けるものの幸せを祈ったりする時間をもつということに近いと思います。

田中：祈り、ですよね。

辻　：あと、感謝かな。今日また新しい一日を迎えられるということを感謝する。今、世界中で、メディテーションのブームといったら変だけど、メディテーションを求める雰囲気がある感じがしますね。日本の若い人たちの間にも、目を閉じて心を静めたりする時間を意識的にもとうとする人たちが増えている。たとえば、この善了寺でカフェ・デラ・テラのイベントをやるときにも、必ず法要からはじめるんですよ。そういうことに対して、「なんでそんな宗教くさいものが……」とかいう抵抗感が、ぼくらの世代にはありました。でも、若い人はすんなり受け入れているし、喜んでいる感じもある。

田中：私は、六年間、カトリックの学校にいましたから、毎日そういう時間がありました。

辻　：どんな宗教にもありますよね。

田中：朝行った時と、お昼ごはん食べる前と後と帰りと。それはほんのちょっとの時間なんですが、その生活習慣は大事でした。

辻　：ぼくは、外国への校外実習に出発するとき、成田空港で輪になって、手をつないで瞑想をするんですよ。学生たちは最初は恥ずかしがります。

田中：新興宗教みたいだって思うのかしら（笑）。

辻　：「何も恥ずかしいことないよ」って励ましてやる。でも一度やると、みんなやりたくなってくる。だから、旅の要所要所で、「じゃあ、やろうか」と言うと、みんな「出たー」とか言いながら、喜んでいる。そういう新しい文化みたいのができてくるといいなって思います。

田中：かつては、家の中で神棚や仏壇に向かって手をあわせるって、ごく普通にやってましたよね。

辻　：そうそう。「いただきます」は今でもするけど、ぼくらが若いときなんかは、ちょっと古くさい、とか、めんどうくさいな、という感覚があったと思う。あれも高度経済成長や物質主義と関係があったんでしょうね。でもこれからは、「いただきます」とか「おかげさまで」とか「ありがとう」みたいな儀礼的な表現が大事になってくるという感じがしています。とくに3・11の大震災以後、祈りが日常生活の中に戻ってくるということが、多くの人に起こったのではないか。今まで近代合理主義の塊だったような人たちも、手を合わせて祈り、今日生きていることに感謝したのではないか。

田中：今まで、広島と長崎の原爆の日はテレビで黙禱《もくとう》の時間が流れましたが、それに3・11が加わりましたね。

辻　：ぼくたちは、二〇〇一年にキャンドルナイトをはじめたとき、最初のうちは、ブッシュ政権への抗議みたいな感じだったんだけど、やがて「いただきます」みたいな感じの祈りになっていったような気がしました。電気を暗くして、ローソクをともしてみると、敬虔《けいけん》な気分になるんです。そして一種の儀礼のような時間をもつことの必要性を痛感するようになった。3・11後にはキャンドルナイトをする機会も増えたんですが、あらためて「ああ、キャンドルナイトってこういうことだったんだ」と思い直しましたね。

田中：電気の導入が、祈りの時間をなくしたという気がします。夜まで明るい。それは、ローソクや行灯《あんどん》にしてみると、精神状態が違ってくるからそのときに初めて気づくんです。
辻：生産的な時間が延長される。仕事もできちゃうから。
田中：電気をつけるのは、仕事をしなさい、って言われているようなものですからね。
辻：昔は、「明るいうちになんとかしなきゃ」ってやっていたんでしょうけどね。
田中：私は早起きなので、暗くなるころに疲れてくる。それは当たり前なんですが、もっとがんばらなくては、と思う。そこで、ちょっと一杯飲んで元気だそう、みたいな(笑)。そして一〇時、一一時まで働く。このままだとアルコールに依存する気持ちがでてくる。疲れているのに休まないからです。パソコンはいつでもつくし、電気は明るいし。こういう心理って、多くの人が持っていると思います。
辻：そう考えると、大飯《おおい》原発を再稼働させないと夏が乗り切れないと政府が脅すのは、生産的な時間が損なわれるというだけの話なんです。
田中：そう。夏だって夜になって涼しくなったら、クーラーを消して寝る。暗くなったら寝ましょう。
辻：そう、そう。停電して暗い夜になったって、ちゃんと陽はまた昇るって。暗闇が増えれば恋愛も盛んになって、少子化問題も解決できるかもしれない(笑)。
田中：絶対、健康になりますよ。
辻：そうしたら医療費も下がる。いいことずくめです。
田中：そう考えると、電気は危ういものだとわかります。私は3・11以降、「無電の時代の江戸時代」という話をするんです。暗さの中で、人間はどうやって生活してきたかというのを想像してみる必要はありますね。それこそ「ゼロ成長」の中には、「電気のない生活」というのを設定してみてもいいんじゃないかと思いますね。

辻　：藤村靖之さん（発明家、工学博士。那須に非電化工房を構え、非電化製品を開発）の「非電化」の思想ともつながりますね。そう考えてみれば、ぼくたちは、わざわざ太陽を隠しておいて電気で照らすといった、変なことをいっぱいやっているわけです。決して、自然にある明かりを補うために電気はあるわけじゃないんですね。

田中：補う程度だったら、他のもので十分ですよね。それこそローソクで。

辻　：電気が通ったあとのブリ村の夜って、最初に行ったときの夜に比べると、なぜかつまらない。闇が濃いということは、同時にローソクの灯りが際立つということで、そこに集っている人々の顔ももっと輝いて生き生きしていたような気がするんです。

終章　サティシュ・クマールに導かれて

豊かさの源泉「土」

辻　：さて、ぼくたちの話も大詰めを迎えました。ここまでふたりで3・11大震災をふり返りつつ、ポスト3・11時代を展望するために、自分たち自身の生い立ちからはじめて、江戸時代へ、ブータンへと話を進めてきたわけです。最後に、ぼくにとっても、優子さんにとっても重要な意味をもつサティシュ・クマールとその思想の助けを借りて、ぼくたちのこれまでの話を整理し、まとめることができたら、と思います。

田中：私にとっては、ブータンに行ったことと同じくらい、サティシュ・クマールさんとの出会いがとても大きな体験でしたね。

辻　：この本のはじめに説明しましたが、優子さんは『未来のための江戸学』という本で、サティシュ・クマールの思想を紹介し、それを土台にして江戸時代論を展開されたわけです。ぼくは一九九九年に彼に出会って以来、彼のことを勝手に師と仰ぎ、その教えに導かれるようにして環境運動に取り組んできたと、自分では思っています。サティシュが二〇一二年二月に、3・11以後はじめて日本を訪れたとき、優子さんにも会っていただき、彼といっしょに講演会にでてもらいました（62頁写真参照）。サティシュも優子さんとの出会いを喜んでいました。ではまず、サティシュから何を学び、それがご自分の江戸学とどんなふうに関わっていると考えるのか、あらためて聞かせてください。

田中：やっぱり、胸にこたえたのが「土」ということでした。生命の源としての土です。「ヤグナによって土を育てること、ダーナによって社会を育てること、タパスによって自己を育てること」と、サティシュさんはもっとも大切なことをそのように表現しています。「ヤグナ」とは、失われた分を補うことで、具体的に言えば農業では施肥や休耕であり、林業では植林です。「ダーナ」とは与えることで、具体的には、自分の才能、労働、知識を、社会に対する贈り物として返すことです。ダーナという言葉はドナーの語源で、日本語では「旦那」という言葉になりましたね。ダーナとは、ソサイエティ（社会）を育てる行為だと書いています。「タパス」は自己を育てることで、具体的には断食、瞑想、学問、沈黙、休息、そして自然の中に身を置いて、自然の中に結びつけ直す行為です。

豊かさの本来の意味を何て表現しようかと、私は言葉につまっていたんです。江戸時代の豊かさを今の豊かさと比べると、学生は「やっぱり今のほうが豊かだと思います」と言うんです。さんざんいろんな話をしてもやはりそうなる。豊かさの意味が伝わらないんです。そのとき思いました。何が人間の基本となっているのか、からはじめないと伝わらないのだと。つまり、豊かさは私たちの側にあるのではなく、自然の側にあるというその転換ですね。サティシュさんの本（『君あり、故に我あり―依存の宣言』講談社）には、それが書いてありました。豊かさの源泉は、私たちが「恵み」をもらって生活している、その恵みです。空気も水も食べものもみな「恵み」です。私たちにはスーパーとかコンビニしか見えなくとも、源泉には自然界がある。具体的に言えば、身体と大地と空気が果てしのない恵みとして循環している。私は、江戸の循環で、肥料のことだけ話していたんです。人間が排泄物を肥料に使っていたとかね。しかし肥料も、自然界の循環の中に位置づけられる。

サティシュさんの話は、全体が循環の中にあって、豊かさは自然の側にまずあると言う。すると、私たちが「豊かさ」と言っているものは何なのか、という問い直しがはじまるんです。自然の側にいったん目を向ければ、人間の側にあるものは、はかないものです。ほとんどないに等しい。それこそ、サティシュさんは、講演で教室に入って、この机は人間のつくったもので、とくにプラスチック製品は豊かでもなんでもない、とてもはかないと言われた。自然を前にしてみると、私たちはとても貧しいものに囲まれているということが、実感としてわかってくると思いました。あらゆるものは循環の中に置かないかぎり、とても貧しいという感覚です。循環の中に身をおけば、机が木でできているなら、土の中に入って微生物によって分解され、そしてまた栄養として木を育て、私たちのところに戻ってくるという、豊かさの源泉のひとつになる。しかしプラスチックなど多くのものは、豊かさどころか、貧しさの象徴である、そこがちゃんと区別できれば、豊かさと貧しさの関係は逆転する。それが『未来のための江戸学』(小学館101新書)の中で、いちばん言いたかったことなんです。

辻 ：なるほど。そういう共通感覚があったわけですね。

田中：それを、サティシュさんは、「ヤグナ」と「ダーナ」と「タパス」という三つの言葉で語っていらした。とくにダーナというのは働くこと。「与える」というのは、私たちは、単に何かを恵むと解釈しているけれども、人間が働くということは、人に何かを与えているということだというんです。これも逆転していますね。つまり、現代人にとっては、働くというのは給料を得ることであり、得るために働くから、ただの交換になっています。だから、たくさんお金を得られなければ働く意味がないとなる。交換が等価じゃないとおかしいという話になるわけですよね。ところが、働くことが与えることになったなら、交換ではないし、等価であるはずがないから、自分がもっている能力とか生命を、何に換えて与えていくか、という話になるんです。それは、自然に対して与えるのかもしれないし、社会に対して与えるのかもしれない。そこに「社会を育てる」という言葉がでてくるわけです。

それからもうひとつ、自己を育てるという言葉がありました。自己を育てるというと、勉強することだと思っていました。つまり、言葉を学ぶこと、論理を学ぶこと、知らないことを知ること、知識を得ること、あるいは、ものを考えることを含めてです。でも、サティシュさんは、自己を育てるとは、自然界に自分をつなぎ直すことだと言いました。ということは、「自分は自然の一部である」ということを確認することです。そうすると、自然破壊というのは、自分の破壊であるということもわかります。もともと別のものではないということを確認するんです。今は、まず人間と自然が別だとするから、自然を破壊して収奪する話になる。また、豊かなはずの自然から、豊かさをこちらに移動させれば豊かになるという幻想をもっている。けれども、自然破壊が自己の破壊だとわかれば、それができなくなります。一つひとつの言葉をサティシュさんはきちんと、それもわかりやすく整理し、引き出しから出して、すべてつながっているということを教えてくれる。人にも説明しやすいし、私自身もとてもよく腑《ふ》に落ちました。

辻：江戸時代とのつながりという点ではいかがでしたか?

田中：江戸時代をどう説明したらいいかを教えられました。江戸時代の人たちは貧しいからリサイクルしているのではなく、自然と人間との関係について、非常に近いものを持っていたと思います。だから、そこにつくる循環の仕組みが、非常に似た仕組みになる。そのことに気がつきました。「分《ぶん》を守る」とか「始末」とか「倹約」は、我慢するということではなく、循環の中ではそうなるのです。分を守らないで何かをとりすぎると、自分自身が損なわれる。そういう関係になっている。江戸時代の論理構造が自然との関係によって成り立っているのがよくわかりました。

辻：現代社会のインチキ「リサイクル」について前に話し合いました。自然の内なる循環だけが、本当の意味のリサイクルだとわかれば、豊かさとは循環のことであるという答えが見えてくる。

田中：自然の側にあるということですね。そして、循環しないものは貧しい、という感覚を育てればいいんです。

辻　：近代っていうのは、その循環を断ち切ったところに豊かさを見出そうとしていったのだから、まるっきり逆の方向へと突き進んだわけです。

田中：本当の豊かをとりもどすには、循環できないものをなくしていく、という方法しかないということですね。

辻　：サティシュは、土があって、こんな小さな一粒の種が、生涯を通じて何千というりんごの実を与え続けてくれるということこそが豊かさの本当の意味だと、よく言います。

田中：ですから、遺伝子操作などで、種のＤＮＡをいじるけれど、それはやっぱりまちがっていると思います。種は土の中に入れれば、自然に芽を出すのであって、その一部分だけを変えることによって、何が得られるのか。非常に不合理なことをしていると思います。一時的な金儲けのためにそういうことを続けていれば、経済的な不合理は必ず出てくるし、身体的にもおかしくなるだろうと、予測がつきますね。

循環の中に身を置いて生きる

辻　：「ソーハム」というサンスクリット語があって、英語にすれば「Thus I」となるとサティシュに教えてもらいました。あえて訳せば「それがある、だから私がいる」、さらに言えば「世界がある、だから私がいる」だと。それをサティシュは英語で「You are therefore, I am」と訳して、それを自分の本のタイトルにした。それがまた日本語に訳されて『君あり故《ゆえ》に我あり』となったわけです。あるとき、こういう話をサティシュとしているときに、ふとぼくが言ったのは、ソーハムにあたる日本語に「おかげさま」という言葉があるということなんです。江戸時代には「おかげさま」ってどんなふうに使われていたんでしょう。

田中：江戸時代には「おかげ参り」という言葉がありました。いつからなのでしょうね。もしかしたら、仏教用語から出てきている可能性がありますね。

辻　：子宝に恵まれるというので有名なブータンのチミ・ラカンのことは前にも話にでましたが、そこではお礼参りをしに来ている、小さな赤ちゃんを抱いた親子によく会います。何かを願い、その願いがかなえられたら、そのお礼をするというのも信仰においては非常に重要なんでしょうね。またおかげさまというのは、もちろん神様のおかげだけではなくて、目の前にいる人のおかげでもあるし、お天道さまをはじめとした自然界のすべてのつながりにも関わっている。今現在の世界ばかりでなく、ご先祖さまをはじめとする過去と、もしかしたら未来へと連なるすべて。

田中：ぜんぶですね。たとえば、「繁盛してますね」「ええ、おかげさまで」とか挨拶するけれど、その人のおかげじゃない(笑)。でも、確かに全体のおかげさまなのです。

辻　：壮大な言葉ですね、おかげさまって。

田中：だから、「もったいない」の次は、「おかげさま」を世界語にするといい（笑）。

辻　：おかげさまのかげは「陰」ですか？

田中：木の陰から「助け」の意味が出たようです。雨もよけられるし、太陽の激しい光線もよけられる。

辻　：サティシュがよく話してくれるのですが、弟子たちがブッダに「私たちはあなたからすべてを教えられている。あなたのおかげで、私たちはすべてを知った。でも、あなたはいったい誰から学んでいるのですか？」と聞くと、ブッダは、組んでいた手をほどいて、下に伸ばしたというんです。つまり大地を指した。自分の師は大地である、と。それから、サティシュはよく、ブッダが木の下で悟りを開いたということを話します。まさに、木陰、つまり木のおかげだ、と。そして自分自身にとっても同じように、先生は木であり、大地であると。

田中：サティシュさんは、本の中で、それをすべてジャイナ教徒である母親から教わったと書いていますね。

辻　：そう、彼の本にはそのお母さんのことがよくでてきますね。サティシュにとってのもうひとりの先生です。年老いたお母さんはあるとき、もう旅発ちのときが近づいたと言って、断食に入り、死の床についた。多くの人々が別れの挨拶に来て、祝祭が催され、三十四日後に亡くなったという。インドの理想的な形の死ですけれども、この話にも循環の中にある豊かさを感じます。

田中：そうですね、病院で死なないで、そういう死に方ができるっていうのは、やっぱり豊かなんじゃないでしょうか。

辻　：サティシュといっしょに旅をしていて、いつも感心させられるのは、スイッチのオンとオフを自在にできるところです。ちょっと疲れているかなと思って、「今、一五分くらい休めるよ」と言うと、「ああ、そう？」と、パッと、ほとんど瞬間的に眠りに入ってしまう。

田中：控室で、私の横でも寝てました。

辻　：「どうしてすぐ寝られるの？」と聞いたら、「let go thoughts（考えをちょっと横に置くだけだよ）」って。パッと置いてパッと寝られる。で、起きるのも簡単で、「サティシュ、そろそろ……」と言うと、「あ、時間？」と言ってすぐ起き上がって、次の瞬間にはもう演説でもできる、という感じなんです。ぼくはこれを「今、ここ力」って呼んでいるんです。「presence」って英語でいいますよね。この人が「いる」という存在感が半端じゃない。話すときのエネルギーもすごい。全身全霊で話します。中途半端っていうのは、ほとんどみたことがない。どこの場所でも全開です。それと関係すると思うんだけど、サティシュは、あんまり過去を懐かしんだり、「あのときはああだったよね」とかいう思い出話はしない。あるとき、昔のことを思ったりしないのかって聞いたら、「思わない。過去も未来も観念にすぎないから、それにこだわってもしょうがない」って。

田中：極めて現実的ですね。

辻　：だから、前向きでも後ろ向きでもない。ぼくたち凡人はかなりの時間を、こだわりと後悔とに費やしている。

田中：そして予定とか、計画とか（笑）。

辻　：明日のテストどうしようかとか、一年後の試験や就職に向けて準備しなくちゃ、とか。そんなことばっかり考えて、今を生きている暇がない。これ、ブータンで考えさせられる時間感覚のちがいに通じますね。ぼくらは今以外のことでいつも忙しくて、頭も心もいっぱい。ブータンの人は、先のことなどあんまり心配しませんね。

田中：たしかに私が受けた教育でも、「先のことを考えて、そこから逆算して準備しなさい」って、さんざん言われました。それって、子どもは本当はできないんですよね。できないのに言われるから、ストレスを抱えこみながら大きくなっていく。小学校であろうとそういう社会なんです。

辻　：やっぱり、システムだな。

田中：システムなんですよ。準備をしてこないからこうなるんですよ、っていう話になる。私はその能力がないから過剰反応になったんです。で、どうするかというと、学校から帰ってきた途端に、次の日の準備を始める（笑）。ランドセルの中身を全部そろえて、終わればほっとできる。

辻　：いい子だったんですね。いい子は過剰反応だし、逆に過剰に反応しないと、だめな子と言われますからね。サティシュは「心配するな。過去も未来もぜんぶ君の中にあるんだから」と言っていた。

田中：確かにその通りですね。

辻　：自分の判断はすべて過去にもとづいているし、未来にもとづいている。それが循環なんです。自分の中に循環が組みこまれているから、ゆるぎない。

田中：それこそ、植物の種みたいですね。ぜんぶ入っている。

辻　：そうそう。大木になる種が、どうやったら大木になれるかなんて、心配する必要はないんだと（笑）。

それもまたやっぱり揺るぎない循環の思想ですね。

田中：「今を生きる」というのは、ゼロ成長時代の幸せの根本ですよね。この先どのくらい成長するか、と四半期決算を気にしていると、ますます困ったことになる。目の前の数字ばかり追って、今の瞬間はつねに準備の時間になるのです。もったいない。

経験する心と考える心

辻　：また、サティシュは「心には二種類ある」とも言っています。ひとつは経験する心で、もうひとつは思考する心。本来は、だいたい八割くらいが経験する心なんだと。思考する心は残りの二割ほどで十分なんだよと。ところが、西洋近代ではそれがひっくり返っちゃって、思考する心のほうが八割。それを聞いてぼくは、もしかしたら日本では経験する心っていうのがもうほとんどなくなっているんじゃないか、と思ってゾッとしました。

田中：つまり、観念ばかりということですよね。

辻　：そうです。経験する心って、五感、六感ぜんぶで経験しているわけで、それだけでもホリスティックですよね。今の我々日本人、とくに若い世代は、思考する心ばかりを駆使しようとするけど、経験の裏打ちがないから貧しい。実感がないし、心がこもってない。身体の感覚もないし、においもないし、音も聞こえない。そういう非常に貧しい場所に、閉じこめられているんだなあ、と。

田中：おそらく、自然に自分をつなぎ直して、自分を育てるというのは、そこなんだと思うんですよね。都市生活って、古代からそういうところが切り離されて、思考だけになってしまう生活だと思うんですが、そこに全身性を取り戻していく。サティシュさんがおっしゃるように、自分を育てる力は、いったいどこにいって、何をすればいいのでしょうか。教師としても言えない状態です。

辻　：「ゆとり教育」が謳われた時期がありました。ぼくは基本的には賛成なんだけど、考えてみると、ちょっと余った時間を経験する心にあてる、みたいなスケールの小さい話だったと思えます。本来は逆ですよね。経験する心を養って、ゆとりがあれば思考する心を養う。余った時間で算数でもやろうか、みたいなね。本来はそのぐらいの優先順位であったはずなのに、今では、完全に逆転しています。そして、そのゆとり教育さえ学力を上げるにはむだだったと、やめちゃうんですから。ひどいですよ。

田中：教育の方法だけではなくて、社会のシステム全体が、「経験」をできなくしている。

辻　：モンテソーリにしても、シュタイナーにしても、まさにその経験する心を取り戻そうとしていくものだと思うんだけど。それには社会のシステムが抵抗して、そういうものを隅っこに押しとどめておこうという感じですよね。でも、思考する心に支配された貧しい知性が行きついた先が、やっぱり科学技術信仰であり、原発だったんじゃないかなあって気がします。

科学技術信仰

辻　：最近は、月の探査を全世界で競争してやろうとしているらしいですね。
田中：資源ですか？
辻　：そう。ロケットを打ち上げては、みんなが上を向いたまま、ワーワー大騒ぎしているという感じです。とくに男たちは。ああして上を向いていたいんだなあって(笑)。
田中：地球上がもうだめだってことで、宇宙で資源競争ということでしょうか。
辻　：科学技術信仰はまだとどまるところを知らない、という感じがします。だから、「原発はリスクが大きいことがわかったから、こんどは太陽光などでやってこう」というところに横すべりしたのでは、ぼくらの心は非循環型の思考をする貧しい心のままで、別の過ちを犯すだけだと思うんです。
田中：グローバリズムって必ず拡大主義で、月の話と同じで、使えるものを探して航海する。フロンティア精神ですからね。できるかぎり遠くまでいって、探してそれを持ちかえるとか、使えるものの面積を広げていくとか。その精神のままとどまるところを知らずに今まできてしまった。だから非常に長い歴史を持っているんです。それが人間の姿なんだと思う人が多いし、人間が進化することに誇りをもっています。ただ、私は、進化っていう言葉、それはまちがった使い方だと思っています。本当は進化って生物学上の用語だから。
辻　：進化は「evolve」ですから、前へ進むって意味は本来入ってないはず。
田中：本当は、変化することと拡大することは別問題なんですが、それが重なって出てきてしまった。ですから、江戸時代の特徴は、その状況の中で縮小する。ブータンの事例もそうなんだけれども、大きな動機としては、巻きこまれないために自立するっていう考え方なんですよ。このまま放っておいたらどうっと入ってくるか、拡散して出ていってしまう。その、出ていってしまうというのを、まずいと思ったのが渡航禁止令という形であらわれるんですね。あれ、おそらく、その気配があったと思うんです。キリシタンたちがまず弾圧されたと。弾圧されたキリシタンの日本人たちが、東南アジアの各日本人町に入っていくんです、貿易商人として。で、その人たちが、また仲間を引き連れてひたすら外に出て行く。商人として働いているわけだから、じゃあ、最終的に日本に帰ってきて、日本に利益をもたらすのかというと、全然そんな考え方がなくて。ひたすら外へ出ていって、で、イスラム教徒と戦争をしながら、おそらくキリスト教徒として生きていく道を選ぶんだと思うんですね。そのような流出がはじまっちゃったんじゃないかなと思うんです。

いろんな拡大が起こってくると、外に出ていって日本が完全衰退するか、ポルトガルとかスペインがどっと入ってきて植民地化されてダメになるかのどちらかですから。そこで選ぶ道は、縮小しながら自給する自立の道です。グローバリゼーションの中であっても、その選択ができるんですね。

それが、いろんな規模でのローカリゼーションのありようなんだろうと思うんですよ。今のような国際市場で、国際企業が、どんどん、いろんなものをお金に換えていく社会では、簡単に、急速にそれは起こると思うんです。ナオミ・クラインの『ショック・ドクトリン』（岩波書店）で衝撃的なのは、グローバル企業は国を食っちゃうっていう話です。つまり、グローバル企業にとって、国家なんかどうでもいいということをはっきり言ってますよね。

辻　：そういう兆候は、世界中に今、見られますよね。

田中：とくに、国家機能が民営化したりすると、入っていくチャンスになるから、それで食っちゃうわけです。だから、もう国なんかどうでもよくなっているというのが現状だと思うんですよ。じゃあ、異なる価値観を持っている人たち、文化の多様性が大切であるとか、成長路線や拡大路線は、結局は自分たちを滅ぼすというふうに思っている人たちは、いったい何をしたらいいのか。ひとつは、ナショナリストになっちゃうっていう路線です。

辻　：国家主義とか、民族主義とか、ですね。

田中：グローバル企業が国家を食っていくとすると、ちょっとブータンに似てきますが、国家として伝統文化を含め、国の自立を守る。これは、ある方向から見ると、ナショナリズムなんですよ。でも、それでいいのか。自立は大事ですが国家を守りたいわけではない。大事なのは人間と文化ですから。

辻　：なるほど、重要な視点ですね。もうひとつ「脱成長」に関連して気になっているのは、「ゼロ成長」という言葉です。ゼロなのにあいかわらず「成長」という言葉を使っているけど、要するに成長しないと言ってるだけです。でも相変わらず成長というマインドセットの中にいる。「マイナス成長」なんてさらに変な言葉です。そうまでして成長にこだわっている。やはり同じ土俵の上で相撲をとっている。だから、違う土俵を用意するしかないだろうと思うんですね。

　サティシュは「エレガント・シンプリシティ」という言葉をよく使います。シンプルというのははじつはエレガントなことなのではないか、ということですが、逆に言えば、「もっと、もっと」という成長なんてエレガントではないわけです。そういう思いきった発想の転換が、今、必要だと思います。その転換のときに、江戸時代が重要なヒントになるということです。進歩や拡大や膨張ということが唯一の選択肢であるかのように思われた一種のグローバル化の時代に、あえて縮むということをやって、それがある種の成功を収めたというのは、歴史の中でも珍しく、貴重な例だと思うんです。

ブータンも同じような意味で貴重ですね。ＧＮＰやＧＤＰを目標にしなきゃまともな国じゃないみたいに考えられている世界で、「いや、ＧＮＨのほうが大切だ」と言った。「それ本気？」と言いたくなるような、そういう感じの言葉ですよね。世間ではずっと「ファスター、ビガー、モア（より速く、より大きく、より多く）」ですから、ぼくはやっぱりそれに対して、はっきり「スロー、スモール、シンプル」ということを言いたいのです。この三つの形容詞はみな現代世界では否定的な意味を担わされた負の記号です。だから、すぐ、「縮み志向」、「下向き志向」、「後ろ向き志向」だという批判が飛ぶ。でもそこでひるまずに、上向き志向に対して下向き、前向きに対して後ろ向き、をちゃんと対置したいな、とぼくは思うんです。「第一、下向き、後ろ向きでどうしていけないんですか？」って。

「降りる」というのはそういう言葉です。これまでみんなが囚われてきたマインドセットから降りよう、というのもあるし、スロー、スモール、シンプルへと引き算しながら降りていこう、という意味もあります。ぼくの仲間にも、「それじゃ、ちょっと元気がでないな」と言う人がいるんで困るんですが。スローはいいけど、「スローダウン」というふうに「ダウン」がつくと、「人がついてきにくい」とか、「もう少し明るい表現はできないかな」とかと心配してね。でも、ダウンなしのアップばかりだったから、ほら、みんなアップアップしているじゃないか、とぼくは言うんですが(笑)。

田中：人が国や社会を作るのは、そのほうが多くの人が安全に安心して生きられるからで、国どうし、集団どうし、競争するためではありませんよね。絶えず競争して陣地取りをしていないと皆が生きられないのであれば、それは国として失敗しているんだと思います。人がスロー、スモール、シンプルに生きられる社会を作ることこそを、目標に立て直す必要があります。

辻：そもそも、「遅い」というと人聞きが悪いからと、英語で「スロー」と表現した部分もあったんです。そうしたら、みんな「ああ、それならいい」って。同じことなんだけど(笑)。ナマケモノ倶楽部をつくったときにも、「ナマケモノじゃなくて、コアラのほうが受けがいいんじゃないか？」と心配してくれた人もいた。でもだめなんですよ、肝心のメッセージを薄めてしまっては。

ダウンシフト3・11後に、いよいよ、「降りる」ことを覚悟する時代が来たと思いました。それは、この地に生きていることについて、伝統文化について、本当の意味での誇りをもつことでもあると思う。またそれは、根っこをもつ、英語で「rooted」という感覚だと思う。本来、文化というものはその定義からして、ローカルで、コミューナルで、エコロジカルなものであるはず。そういう基本的なところへもう一度降りていく。親族、地域共同体、地域の生態系、そこに住む神々などへと、下へ、内へ、後ろへと向かって降りていく。そういうプロセスが、世界中あちこちにはじまっているとぼくは思っています。

田中：そうですね。グローバリズムから降りる、ということですよね。この拡大から降りる。そこにローカルで、コミューナルで、エコロジカルなものさえあれば、安心しておおぜいが降りていかれます。その受け皿を作ることが、これからすべきことでしょう。

辻：サティシュ・クマールから、ブータンから、江戸時代から、ぼくたちが受けとるのも降りていく知恵だと思います。降りるといっても、それは暗く否定的なビジョンではなく、そっちのほうが平和で、愉しくて、安心で、肩の力を抜いて自分らしくなれるよというイメージではないかと思うんです。

田中：そうそう、サティシュさんの講演のとき、ある女の子が質問に立って、家族の中で自分は「虫」だと言われていて、何をやっても遅いし、母や姉はきらびやかだけど、自分はダメだ、と。そうしたら、サティシュさんが、「虫って、いなくちゃ困るでしょう?」て答えた。おもしろかったですね。

辻：そういえば、サティシュは「ミミズ万歳！」とよく叫んでいます(笑)。それから彼への質問でよくあるのが、「あなたの言っていることはよくわかるけれど、私がいくら同じことを言っても、周りになかなか伝わらないので困っている」とか、「どうやって人々の心を変えていけばいいか」とかいうものです。彼の答えは、「あんまり期待しないほうがいい」、「人を変えられると思いこまないほうがいい」。でも続きがあるんです。「でも、あなた自身は変えられるね? いいじゃないか、それで」と。まわりにああしろ、こうしろと言わずに、「まずはあなたが変わりなさい」というわけです。そして、「そうすると、あなたが輝きはじめるんだ」って。

彼が使う「輝く」という言葉は、英語の「radiate」。「放射する」という意味ですね。ぼくは3・11以後、ずっと「radiation」(放射線)で頭がいっぱいだったから、彼の言葉を訳していてドキッとしたんです。でも、サティシュに「あなた自身がradiateする」と言われてみると、そうか、そうだよな、と反省させられたわけです。いつのまにかぼくたちは、エネルギーと言えば石油とか原子力のことを考えるけど、そんなものよりまず先に、自分自身こそがエネルギーなんだよなって。

田中：エネルギーって、そうね。人間がエネルギーのかたまり。外にあるものではない。まさに、サティシュさん自身が、そうやって輝いて伝えている。あのときのイベントタイトルも、「Be the Change」。自分自身が変化になれっていうことでしたね。

辻　：ガンディーの言葉です。エネルギーと言えば、ぼくはこの一月末に上関原発建設反対をずっと訴えてきた祝島《いわいしま》に行ってきました。その運動のリーダーのひとりである氏本さんという方が、こう言っていました。エネルギー、エネルギーってみんな大騒ぎしているけど、そもそもエネルギーって何だろうって。「うちの島では、ちょっとした空地でも大根をつくっている。これを、育ててくれているのは太陽エネルギー。で、それを取ってきて刻んで、日に干して、切干大根をつくる。大根を加工食品に変えるのも、太陽エネルギー。なんだ、ぜんぶ太陽エネルギーじゃない。ね、エネルギー問題って、本来はこういうことなんだよね」って。これは、エネルギーと言えば、難しい顔をして石油や原子力の話をしている人々への痛烈な批判だと思います。

かつて祝島では、三〇〇〇人がほとんど自給自足の暮らしをしていたそうです。今は五〇〇人しかいないけれど、かぎりない自然の豊かさがある。島のおばあちゃんが原発予定地の上関町の人たちに、「なんであんたたちは、そんなに原発がほしいの」と聞くと、「いやあ、おれたちもまともな生活がしたいけん」という答えがかえってくる。おばあちゃんは、こんなに自然の豊かさに恵まれて、いったいあんたはこれ以上何がほしいのか、と言うわけです。そんなによくばったら、罰があたるって。自分たちを生かしてくれているのが太陽だと知っているから、太陽が昇る方向に向かって毎日拝んできた。そうしたら、ちょうどそれと同じ方角に原発をつくろうとしている。これでは、毎朝原発に向かって拝むことになってしまう。それだけはできない、と反対運動をしている島民がいるわけです。こんなにふんだんにエネルギーをいただいているのに、なんでこの上、そんな危ないものつくらなければならないのか、という話です。

田中：私たちはつい最近まで、電気なしで暮らしていました。太陽エネルギーで、何万年もちゃんと人間は生きていた。江戸時代も太陽エネルギーと人のエネルギーで、インフラが整ったまともな国と、自立的な産業と、すばらしい文化を創っていましたよ。

辻　：そうそう。祝島では、三〇〇〇人を養うために、棚田つくって、水を湛えていたから、水不足はなかったんです。今は五〇〇人でも水不足になっている。水田が減ったから。循環の中に組みこまれた営みの中では豊かだったのに、循環がとぎれた途端に豊かさは枯れていく。水が枯れるように。

田中：マインドセットが変わらない限り、いくら月から資源をもってきても、同じことのくり返しですよね。

縮小を実現していく

辻：最後に今後のことですが、こういう仕事したい、こういう生き方をしていきたい、といった気持ちを、お互いに気張らずに話せたらと思うんですが。

ところで、さっきも話したように、今後どうするかということを、サティシュ・クマールはいっさい考えない（笑）。まったく心配しないということなんですが。それはどういうことかというと、ゆるぎなくもう未来は現在の中にある、という感覚を彼が持っているということだと思う。そして、ぼくも少しずつそういう境地に近づいていきたいなと思ってます。

ぼくの話から先にさせてもらいますが、ぼくたちの世代は、経済成長時代の子どもですから、世間の空気を吸って、まさに「アップ、アップ、アップ」で、上向き、前向きにやってきたわけですけど、ぼくの場合は横道にそれたというか、主流から降りたということが、今の自分へと続く非常に重要な出来事だったんだと、今回改めて思いました。

またぼくは、９・11（同時多発テロ）にも少なからず影響を受けました。ぼくはアメリカ化された世代の代表みたいな人間だから、９・11で内なるアメリカが崩壊するみたいな感覚があって、それがちょうどそのころ言いだしていた「スローライフ」という考え方と重なり、融合するような感じがしました。そして、自分の中では、なにか新しい時代がはじまったという思いがありました。

さらに個人的なことを言うと、数年前に母親が亡くなったときに、老いと死というテーマと向かいあうことができました。ぼくは、若いときは長生きしたいなんて思っていなかったし、老いなんて考えたこともなかった。死についても同じです。でも、母親の死を通じて、重要なことを学ぶことができた。まず「母親より先に死ななくてよかった。それが親孝行だったんだ」と思えたこと。それから「次はぼくだ」という感覚をもてたこと。「人生とは死に向かって降りていくプロセスだ」という、思えば当たり前のようなことが、しかしはじめて腑に落ちたんです。この「降りる」と、物質主義的で、消費主義的で、グローバル化した世界から「降りる」というのがシンクロするような感じがしたんです。それまで経済成長みたいな考え方と混ざり合って自分の中に残っていた、「人生は上り坂」みたいな感覚がくずれて、爽快な気分でした。

こういう時期からしばらくして、3・11が起きてしまった。この世界全体の大転換は不可避だし、自分自身の転換もまた必然だとは思っていたけれど、「いつ、どんなふうに」というのがなかなかはっきりしなかった。しかし、3・11で、「さあ、今がその時だ」と突きつけられたような気がしました。今までよりもいっそう真剣に変革運動に取り組まなくてはいけない、やれることをやっていかなければならない、と思いましたね。そのためにも、この本では田中優子さんの知恵をお借りして、江戸、アジア、伝統文化などの中にあるヒントを示したかった。ある意味では、「現状に行きづまると決まって伝統社会を持ちだしてくる」とか、「オリエンタリズムだ」とかいった批判もあるだろうとは思いつつ、もうそんなことを気にしていられないなあという気持ちでした。若い人たちに対して、ぼくたちがヒントとして示せるものはなんでも示していきたいし、現に若い人たちのなかにも伝統社会への関心が高まりつつある。そこに本物があるのではないかと、目を向けはじめている。だから、彼らが求めるその本物に出会える下向きの道筋を示すことができれば、という思いもありました。

これからぼくも江戸時代のことをもっと勉強させてもらいたいと思っています。日本から世界に向けて発信できるものが江戸にはあると思う。ブータンとの関わりも深めていくつもりです。日本とアジアの国々とを照らしあわせながら、「アジア発エコロジー」としてまとめ、発信していくことを、これからの仕事としてやっていきたいと思っているんです。

田中：私は一言でいうと、どうやって縮むかなんですね。日本だけでなく、自分自身も含めてなんですよ。私は、やはり高度経済成長とともに、高度経済成長の中で大人になって、だけれども江戸文化と出会ったときに、それとはまったく違う世界があるということがわかって、そこに入っていったわけです。しかし、江戸文化ってものすごくたくさんの面がある。縮小という問題にまでなかなか近づかなかった。まず、自我の拡大に対して、関わる自我ということが対峙されて、それが私にとっての江戸時代だったわけなんです。そこから文化をみていく過程で、いろいろなことに気がついていった。ほかのきっかけ、他のこととの出会いで、ようやく江戸時代と現代とのつながりに気づいていった。

とくに大きかったのが、一九九七年、京都議定書のときです。江戸時代の環境政策ってどうなっているのか調べはじめたら、政策として非常におもしろい。縮小するためにどうしたらいいか、木を伐らないためにどうしたらいいのか、保全するためにどうしたらいいか。それをやってきたんだということに気がついて、そちらの方向に関心をもつようになった。そのあたりから、現代について書いたり話したりすることと、江戸時代について研究することとが交わるようになっていったんです。それで、社会的発言の中に江戸時代を活かすとか、逆に江戸時代の話をするときに、現代の問題と照らしあわせながら話をするようになったのです。それが自分の中で深化していって、発言とか書くものの中にしみだしていった。しかし、それが私の中では、活動とか運動に結びつかない。『カムイ伝講義』『未来のための江戸学』を書いて、このままでは済まないだろうなと思っていたところに、辻さんと出会ってしまったんです（笑）。

辻　：なんというタイミング。

田中：ですから、私の生き方の中で、辻さんとの出会いはとても大きなものだと、ふり返ったときに思うでしょうね。現代社会や世界について、私が言葉にしていたものが、自分の活動として、動きとして、一人ではなかなか考えられなかったことが、出会うことによって、どうしたらいいか少しずつ見えてきた。いっしょに何かができるかもしれない、と思うようになってきた。そういう意味で、すごく大きな出会いだと思っています。ただ、私はいつも、それこそ「Be the Change」と言われたときに、私はできてるのだろうか、とふり返ってしまうんです。言っているし、書いているし、活動もはじまっているけど、でも、私のこの毎日の生活はなに？って（笑）。会議が多くて、パソコンづけで、毎日電気をじゃんじゃん使いながら、病気するほど忙しい生活を送っています。

辻　：学部長になっちゃったしね。

田中：でも、あれもこれも「Be the Change」にしたいし、なりうるかもしれないという思いは持っています。

おわりに――わたしたちの降りる場所

田中優子

あとがき？　困った。

すでに対談のなかで、二〇一一年三月十一日のことも、その前後の辻信一さんとの出会いも、江戸学のことも、大事なことは語っていて、いまさら書き足すことはない。しかたない。対談で語っていないことを書こう。ひとつは、辻信一とはどんな人なのか、ということだ。むろん私の主観による一面的な見方でしかない。

まず、背がとても高い。並ぶと見上げる。私は一五二センチの小柄な体型で、着物の古着に不自由しない。世の中のほとんどの人を見上げて生きている。なかでも辻信一は、まなざしでも心でも、いつも見上げている。つまり「見上げたヤツ」なのだ。なんらかの大事な運動が起こるところには必ずいる。それも政党や選挙には関係のない場所である。キャンドルナイトに代表される世界的な運動では、日本の運動の要となっている。世界の運動と日本の運動をつなぐ人なのだ。

次に、思ったよりずっと働き者で真面目である。それはナマケモノ倶楽部を率いている立場から言って、褒めてよいかどうかは疑問だ。でもバラしてしまおう。辻信一は、本当はいつも忙しい。世界をかけずりまわっていて、ヨーロッパにいたかと思うと南米にいて、ブータンにいたかと思うとアメリカにいる。そのあいだに世界中のさまざまな人とこういう対談をして、インタビューやシンポジウムや打ち合わせやテレビ出演をこなし、日本に帰れば大学で講義とゼミ運営をおこない、たぶん教授会にも時々出ていて、入試業務もやっているようだ。公開対談も無数に入っていて、落語の稽古までしている。自主的なDVDも作っているが、知らない間にNHKに出ている。対談の校正を極めて綿密におこなって下さったのには驚いた。一冊の本としての完成度について、かなり目標が高いのである。

「飄々としている」というイメージをもっているのならば、改めたほうがいい。じつは努力家。細かい。綿密。真面目。目配り、気配りがすごい。そういう自分がイヤで落語を稽古しているフシがある。

経歴を見ると「アメリカを流浪していたヒッピー型学者?」と考えたくなるが、長髪でも鬚もじゃでもなく、貴族的な匂いのする右翼か007風である。短い髪にきりりとした清潔さ。スキのないお洒落。にこやかだが時に鋭い眼光。つまりカッコいい。

このカッコよさの背後に、私はこの人の思想の骨格を感じる。さまざまな人と柔らかく交わりながら、時々「いや、それは違う」とはっきり言う。立場がどうであろうと、とりわけ排除と暴力のにおいを許さない。

狂気は、許す。緒方正人を取材した『常世の舟を漕ぎて』は、なかなか出せる本ではない。水俣の運動の本質があの狂気にあることを、辻信一は知っている。その狂気は、自然界と合一してしまう感性と生き方が引き起こす、この世とのズレなのだ。狂ってゆく個体がぐるりとひっくりかえって世界になるような、そういう反近代の狂気こそが、日本の環境運動の根っこにある。水俣はもちろんのこと、三里塚も祝島も、そこを入れて考えないと理解できない。「補償金」や「交付金」が意味をもたない世界である。

この対談で充分に言葉にできなかったものは、そのことだ。自然と人間、人と動植物、人と人を類別し切り分け分離して序列に収める近代の価値観の中では、その全てがつながっている世界は狂気でしか表現しようがないのである。土や水を媒介にして全てがつながる。人間は自然の中に埋めこまれている。人はずっと、そのようにして暮らしてきた。

人間が自然の一部であることを忘却することで産業革命ができ、近代社会ができあがった。大量生産を目的に自然を人為的に分離したことで、人間の内実も切り裂かれた。その結果、最先端の化学工業会社チッソは、座布団のような毒のかたまりで海と人間を切り離すのである。最先端のエネルギー産業である原子力発電所も、人を金で釣って土や海から切り離し、ついにはその土地から追いだした。

多くの人間は、生きるとはそういうものだと思いこんでしまった。

『降りる思想』とは、そういう生き方から降りる精神であり降りる根性であり、石牟礼道子の言葉で言えば降りる「神経殿」、つまり降りる狂気だ。そんなことを考えながら、二〇一二年八月、熊本に石牟礼道子を訪ねた。

お目にかかって気づいた。彼女は降りたのではなかった。最初から乗っていないのである。生きる基準が違う。もっとも長い時間をかけて彼女が語ったのは、水俣の山で鳥とつきあい、木を頼りにし、屍を焼く隠亡さんを見ていたこと、海の貝を拾い、浜辺で狐や狸といっしょに大漁を待ち、いっしょに魚にありついたことなど、つまり自然と人間が深く関わっていた時代のことであった。水俣の漁師たちもまた、陽に輝く海へ出て、舟の上で飯を炊いて漁をするのを幸せだと思い、右肩上がりの経済など念頭にはなかった。会社（チッソ）ができて、天草の女性たちが身売りをする必要がなくなったことは喜んでいたが、それは出世などとはほど遠いおこぼれである。

水俣では、大学を出て近代日本の最先端を走る化学者や経営者と、全くそういう世界とは無縁に海や山で生きる人々との両極端が共存していた。最先端で近代日本の経済を牽引してゆく人々が、自然と共に生きる人々の命を踏み台にして上昇する構造ができあがっていたのである。

この二極構造は一九五〇年代の日本では、すでに全国に拡がっていたであろう。同じ頃、原爆実験がくり返され、原子力発電所が検討されはじめた。踏み台に上がった人たち、上がろうとした人たち、その全ての人たちの「かわりに病んだ」ことを、水俣の患者たちは知っていたのである。

しかしそれでも、彼らは「会社の偉か人」は、きっと自分たちの状況を理解して救ってくれる、と思った。なぜなら「偉か人」とは人間を知り、義に篤《あつ》く、正義をおこなう人だからである。しかし違った。東京の「偉か人」とは、単に自分たちの利益のためにものごとを隠蔽《いんぺい》する人たちに過ぎなかった。社長や重役だけでなく政治家もまた、「徳義」を基準に生きてはいなかった。所得の成長率を基準に生きていたのである。

だから、まずは降りるのだ。それはいい。しかし私たちはどこへ降りればよいのだろうか？　もしかしたらハシゴをはずされているのでは？　一九五〇年代にはかろうじて存在したこの国土の豊かな自然、かろうじて理解されていた人間の徳、わずかな現金収入でも生きられる自然や共同体の恵み。水俣や三里塚と違って、原発立地地域にはもはやそのどれも見当たらない。寄付金と交付金がそれを奪った。

降りて行くべき場所を、私たちは自らもう一度作らねばならないのだ。「降りる思想」とは、降りる場所の創造までを含んでいる。全世界に原発とその処理施設、そのための工場などがあらゆるところにあり、劣化ウラン弾が飛び交い、私たちが内部被曝の時代を生きていることを教えてくれたのは鎌仲ひとみさんだった。全人類がヒバクシャかもしれないこの世で、私たちは降りる場所を、これから創造しなければならない。

絶望どころか滅亡の可能性を眼の前にして、降りる思想は、諦めずにヒバクから一歩ずつ遠ざかる道を作ることである。諦めずに、就社から本来の就職への道を作ることである。諦めずに思想の共同体を模索することである。

田中優子（たなか　ゆうこ）

1952年横浜生まれ。法政大学教授。研究範囲は江戸時代の美術、生活文化、海外貿易、経済、音曲、「連」の働き、東アジアと江戸の交流・比較研究、布や生活文化を中心にインド・東南アジアと江戸の交流・比較研究など。主な著書に『江戸の想像力』（筑摩書房・1986年度芸術選奨文部大臣新人賞）、『江戸百夢』（朝日新聞社・2000年度芸術選奨文部科学大臣賞、2001年度サントリー学芸賞）、『未来のための江戸学』（小学館）、『布のちから』（朝日新聞社）、『グローバリゼーションの中の江戸』（岩波ジュニア新書）。

辻　信一（つじ　しんいち）

文化人類学者、ナマケモノ倶楽部世話人。明治学院大学教授。「100万人のキャンドルナイト」呼びかけ人代表。「スロー」や「GNH」というコンセプトを軸に環境＝文化運動を進める一方、“スロービジネス”にもとりくむ。主な著書に『スロー・イズ・ビューティフル』（平凡社）、『ホーキせよ！～ポスト3.11を創る』（ゆっくり堂）、『ナマケモノ教授のぶらぶら人類学』（素敬パブリッシング）、共著に『ゆっくりノートブック』（全８冊）、監修に『カラー図解　ストップ原発４』（大月書店）、訳書に『しあわせの開発学～エンゲージド・ブディズム入門（ゆっくり堂）など。

本文写真　辻　信一

装丁・デザイン　藤本孝明＋如月舎

降りる思想　江戸・ブータンに学ぶ

2012年10月19日　第１刷発行
2013年10月４日　第２刷発行

定価はカバーに表示してあります

著　者　田中優子　辻　信一

発行者　中川　進

〒113-0033　東京都文京区本郷2-11-9

発行所　株式会社　大月書店

印刷　三晃印刷
製本　中永製本

電話（代表）03-3813-4651　FAX 03-3813-4656　振替 00130-7-16387
http://www.otsukishoten.co.jp/

ISBN978-4-272-43093-2　C0010　Printed in Japan